COLLECTION FOLIO

Nicolas Fargues

Beau rôle

P.O.L

Nicolas Fargues est né en 1972. Enfance au Cameroun, au Liban puis en Corse. Études de lettres à la Sorbonne. Mémoire de DEA portant sur la vie et l'œuvre de l'écrivain égyptien Georges Henein. Deux ans de coopération en Indonésie, retour à Paris, petits boulots, publication en 2000 du *Tour du propriétaire*. De 2002 à 2006, dirige l'Alliance française de Diégo Suarez, à Madagascar, et publie *One Man Show*, *Rade Terminus* et *J'étais derrière toi*. Il a deux enfants. *Beau rôle* est son sixième roman.

Pour Louis et Tancrède

1

Mélikian m'avait écrit ceci :

Bonjour Antoine,
je ne sais pas si cet e-mail te parviendra, mais je tente quand même ma chance. Je suis Bernard Mélikian, nous étions ensemble en classes de cinquième et de quatrième au collège Marivaux, à Moissy. On se fréquentait assez peu. Toi, tu étais toujours avec les meneurs (le trio Mourad Alhacen-Eduardo Gouelibo-Franck Peretti, tu te souviens ?). Moi, j'étais plutôt timide, j'avais moins de succès que vous avec les filles, et j'avais de bonnes notes. Tu étais d'ailleurs le seul de la bande à être sympa avec moi, à ne pas me traiter de bouffon et de fayot, à ne pas te moquer de mon prénom de « ieuve », ni de ma pilosité précoce, ni de mes piètres performances en cours de gym. Toi, au moins, tu me disais bonjour tous les matins. Par parenthèse, je me demandais souvent si c'était de la compassion ou de la vraie gentillesse. En tout cas, tu avais déjà le talent de t'adapter à toutes les situations, de plaire à tout le monde, ça ne m'étonne pas que tu sois devenu acteur. Moi, j'ai continué

à être « bon élève » jusqu'au bout. Marié depuis huit ans, deux enfants, j'enseigne aujourd'hui le français dans un lycée du Val-de-Marne.
J'en viens à l'objet de ma lettre. Un samedi par mois, je projette des films pour mes deux classes de 1re L, et les séances sont suivies de débats, la plupart du temps sur des sujets de société : conflits de générations, chômage, immigration, racisme, etc. Après t'avoir vu dans le dernier Grynszpan, je me suis dit que, peut-être, tu accepterais de venir au lycée pour participer à l'un de ces débats. J'ai tapé ton nom sur Google et j'ai trouvé l'adresse de ton agent, d'où ce mail. Ce serait une expérience unique pour les élèves d'avoir affaire à un vrai comédien, et cela me ferait très plaisir à moi aussi. J'ai conscience que ton temps est compté et que ma proposition doit te paraître bien modeste, comparée à celles dont tu dois faire l'objet.
Dans l'espoir d'une réponse,
amicalement,
Bernard

J'ai immédiatement su que je répondrais. Premier bon point : pas de fautes d'orthographe ni de coquilles, marque d'un esprit précis, attentif et fiable. Deux, l'extrême correction des termes employés : « Bonjour Antoine » plutôt qu'un niais « Salut », l'usage de « parvenir », « pilosité », « piètre », « par parenthèse », « j'en viens à », le nom de Grynszpan bien épelé, etc. Et puis, la maturité générale d'un ton direct qui ne cherchait pas à faire le beau ou le malin, une demande claire, formulée sans insistance ni flagornerie.

Même si je me suis dit que c'était la moindre des choses pour un prof de lettres de s'exprimer dignement, peu de garçons de ma génération en étaient aujourd'hui capables, surtout ceux qu'on voyait à la télé : animateurs, chanteurs, comédiens, et même journalistes, qui élucubraient sans complexes sur les plateaux, trop puérils et trop ignares pour concevoir que le vrai summum du cool, c'est une langue élégante et maîtrisée.

Enfin, l'évocation de mes années de collège. Bernard Mélikian, je m'en souvenais très bien, même si des centaines de visages et de noms autrement plus déterminants que les siens avaient jalonné ma vie depuis. La vie que je menais aujourd'hui, ainsi que les gens que je fréquentais, se trouvaient à des années-lumière de mes années à Marivaux. Mais j'étais assez fier, je dois dire, qu'un type aussi sollicité et oublieux de ses rencontres mineures que j'étais supposé l'être se souvienne parfaitement de Mélikian, tout comme d'ailleurs de la plupart des noms et des visages de mes camarades de classe de cette période 1983-1985. Il y avait Mourad, Eduardo et Franck, bien sûr, mais aussi Steve Matumbele, Xavier Bohl, Francine Mbarga, Julie Zuriguel, Isabelle Martel, Miguel Pena, Loriane Razimowsky, Naomie Lipton, Azzhara Ben Saada, Jean-Christophe De Matos, Laurent Prax, Annick Diarra, Emmanuelle Guedj, Aziz Chabdi, Gilles Bellaïche.

1983-1985 (mon Dieu, déjà plus de *vingt ans* !),

ça m'évoquait surtout des chansons : *Holiday* de Madonna, *Thriller* et *Billie Jean* de Michael Jackson, *When Doves Cry* de Prince. Et puis aussi le smurf et l'émission *H.I.P. H.O.P.* animée par Sidney, les bandes originales des films *Flashdance* et *Staying Alive* (ce *Saturday Night Fever* bis raté, avec des morceaux des Bee Gees et de Frank Stallone, le frère de Sylvester). 1983-1985, justement, c'était aussi les années *Rocky III* et *Rambo*, c'était le feuilleton *Dynasty*, les batteries électroniques et les synthés dans la pop française, c'était le groupe Indochine, le début des vidéoclips, les tailleurs à épaulettes, le blush sur les pommettes et les coiffures sauvageonnes style Jenna de Rosnay pour les femmes dans les pubs, c'était les curls gominés de Lionel Richie, les fumigènes et les spots bleus dans l'éclairage des scènes à suspense des films américains.

Déjà vingt ans, mais vingt ans qui, parce que j'avais, *moi*, l'impression que ce n'était pas si loin que ça, ne sonnaient pas pareil que le « Il y a vingt ans » de la génération de mes parents. Bref, la lettre de Mélikian ne me donnait pas tant mon premier coup de vieux qu'elle me faisait comprendre à mon tour que « vingt ans », c'est à la fois beaucoup d'années et pas si ancien que ça. Ou, plutôt, déjà une bonne grosse tranche d'existence mine de rien.

D'ailleurs, le ton du mail avait beau être celui d'un homme, c'est toujours le Mélikian de Marivaux que je ne pouvais m'empêcher d'imaginer derrière ses mots. Comme si lui et moi, et aussi tous ceux de notre classe, comme si tous ceux de notre génération ne serions, les uns vis-à-vis des autres, jamais tout à fait dupes d'être devenus de « grandes personnes ». J'aimais en effet qu'il ne se prenne pas au sérieux avec moi. J'aimais qu'il n'ait pas songé une seconde à me vouvoyer, et que lui aussi se souvienne, avec une précision intacte, de tous ces noms et prénoms, et de tous ces détails. Ses tournures dénotaient de l'apaisement, de la distance, de l'humour, de l'autodérision. Mais il avait aussi l'honnêteté de ne pas chercher à minimiser le souvenir de ses humiliations : non, franchement, respect, Mélikian.

Tout en cherchant à établir une corrélation entre l'élève sans charisme et chahuté qu'il était à Marivaux, et la subtilité de son mail, je me suis demandé ce qu'avaient bien pu devenir, de leur côté, Mourad, Eduardo et Franck. C'est vrai que c'est avec eux et pas Mélikian que je traînais à l'époque, même si cela exigeait parfois de gros efforts d'abnégation de ma part. Par exemple, je riais de bon cœur à leurs vannes vraiment cassantes sur son compte, mais toujours après m'être assuré qu'il n'était pas dans les parages. C'est peut-être pour ça, d'ailleurs, que j'allais lui serrer la main tous les matins : pour expier ma mauvaise conscience à son égard. À ce sujet, il posait une très bonne question dans sa lettre : est-ce que c'est grâce à mon hypocrisie que j'avais réussi ?

Quant à Mourad, Eduardo et Franck, je n'aurais pas été surpris d'apprendre que, pour leur part, ils payaient aujourd'hui chacun leur méchanceté ouverte vis-à-vis de Mélikian d'une vie médiocre de frustrations diverses, qu'ils la ramenaient beaucoup moins, ne vannaient plus personne et ne plaisaient plus du tout aux filles.

Tout cela me faisait penser à un épisode de *21 Jump Street*, la série télé qui a révélé Johnny Depp entre 1988 et 1991. Dans l'épisode en question, l'officier Doug Penhall (joué, je m'en souviens aussi, par le mémorable Peter DeLuise, qui était coiffé court sur les tempes et long dans la nuque), Doug donc retrouve par hasard le nom d'un caïd de son école dont il a jadis été le souffre-douleur. Entre-temps, Doug est devenu un homme, il a gagné en taille, en carrure et en assurance, même s'il a parfois tendance à se laisser un peu vite emporter. En lisant le nom du type sur une main courante au commissariat (je dis « commissariat » et, pourtant, j'ai toujours trouvé ridicule l'usage de ce mot dans les doublages français de séries US), en lisant le nom son sang ne fait qu'un tour, les mauvais souvenirs remontent à la surface, impossible de les chasser, il veut lui faire payer, au diable son éthique de flic, il est mûr pour la bavure.

Il attrape sa veste, sort de son bureau, saute dans sa voiture, se rend à l'adresse indiquée, se gare sur le trottoir et gravit avec détermination les marches d'un perron minable, frappe à la porte, ses deux poings dans les starting-blocks. La porte s'ouvre et il découvre sur le seuil un édenté aux bras mous et au cheveu rare qui fait une tête et vingt kilos de moins que lui. C'est le caïd du lycée, ex-beau gosse à biceps et grande gueule, dix ou quinze ans plus tard. Ivre et bougon, à moitié clochard, le type ne reconnaît même pas Penhall, qui, devant son évidente déchéance, laisse tomber et tourne les talons. Morale de l'histoire : il faut se méfier des hiérarchies provisoires des années lycée, la roue tourne.

Tout cela pour dire que, ce jour-là, pour toutes ces raisons : par respect pour les humiliations subies par un Mélikian qui attendait son heure, pour conjurer une bonne fois pour toutes le Mourad Alhacen ou le Franck Peretti que j'aurais pu devenir moi aussi, pour remercier le ciel de m'avoir fait prendre le bon chemin malgré mes comportements pas toujours clairs, ce jour-là, donc, j'ai décidé non seulement de répondre à Mélikian, mais également d'accepter sa proposition. Même si la perspective de me rendre dans un collège du fin fond du Val-de-Marne m'ennuyait un peu, principalement pour la question du transport. Parce que je ne m'étais toujours pas décidé à acheter de voiture et que, depuis le succès de *White Stuff*, je ne pouvais plus vraiment me permettre de prendre le RER ou le métro normalement, c'est-à-dire sans chercher à tout prix à paraître normal malgré les regards, de plus en plus nombreux, qui me reconnaissaient. Quant au taxi, malgré mes économies, je n'étais pas non plus Tom Cruise et je n'avais pas très envie, juste pour faire plaisir à Mélikian qui ne se rendait pas compte, de dépenser entre l'aller et le retour 150 euros au bas mot dont il aurait été franchement mesquin d'évoquer le remboursement.

Mais bon, je dois reconnaître que ça ne me déplaisait pas tant que ça, au fond, d'aller jouer les peoples modestes et disponibles dans un lycée de grande banlieue, les profs et les élèves émoustillés, le proviseur dans ses petits souliers, cette espèce de revanche magnanime que j'irais y prendre sur ma scolarité médiocre, tout ça.

Et puis, de toute façon, j'aurais répondu oui à Mélikian parce que je trouvais ça touchant, qu'il ait osé me demander ça comme ça, sans calculer, tout simplement, comme si j'étais n'importe qui. Rien que parce que, au moment d'envoyer son mail, j'aimais l'imaginer avoir dit à sa femme : « On a beau avoir été en classe ensemble, je suis sûr qu'il me répondra jamais, il est trop connu maintenant. Qu'est-ce qu'il peut bien en avoir à foutre, de Marivaux ? » Rien que pour le plaisir de savoir qu'en recevant le mien, de mail, il lui dirait cette fois, à sa femme : « Hé ! Antoine m'a répondu ! Il a accepté ! Il va venir ! J'arrive pas à le croire ! Moi qui pensais que les acteurs se la pétaient tous ! »

Rien que pour prouver à un type aussi irréprochable et aussi peu people que Mélikian que, hypocrite, je ne dis pas, mais la grosse tête, ça non, surtout pas, moi jamais.

Chaque fois que je recevais un appel en provenance des Concordines, je me tendais un peu parce que je savais que c'était soit pour m'annoncer une mauvaise nouvelle, soit pour me demander un service. Selon un rituel immuable, la communication était brusquement interrompue après les premiers bonjours, puis c'est moi qui rappelais, puis on me disait qu'on ne savait pas pourquoi la ligne avait été coupée, sûrement à cause des Telecom locaux (« Tu sais comment c'est ici, Antoine »). Puis je disais : « C'est pas grave, comment ça va là-bas ? », puis on me répondait : « Ça va, rien de spécial, la routine », puis on finissait assez rapidement par aller droit au but.

Cette petite comédie signifiait en fait : On n'a pas comme toi les moyens de payer les *long distance calls*, mais on a notre dignité. Alors, s'il te plaît, rappelle-nous sans qu'on ait à te le demander, de sorte de ne pas nous faire perdre la face.

Et, à chaque fois, je jouais le jeu parce que je comprenais très bien la situation et parce que ça ne se discutait pas, parce que c'était dans l'ordre des choses. Mais je ne pouvais m'empêcher de penser que j'aurais bien aimé, de temps en temps, qu'on m'appelle, ou même qu'on me fasse rappeler juste comme ça, pour le plaisir, rien que pour prendre ou donner des nouvelles, et pas toujours pour les galères ou les services. Mais ça, je savais que ce n'était pas non plus la peine de demander, qu'on me répondrait « oui oui » et qu'on ne le ferait jamais. Parce qu'on savait bien qu'à un moment ou à un autre, c'est moi, de toute façon, qui finirais par appeler pour en prendre ou en donner, des nouvelles. Ou, tout simplement, parce qu'on ne ressentait pas le même besoin que moi d'appeler juste comme ça, pour rien de spécial.

Et, même pour les services et les galères, je ne pouvais m'empêcher de me dire qu'entre frères, même demi seulement, il n'y avait aucune honte à se parler sans prendre de gants : « Antoine, c'est Thomas. Antoine, c'est Ben. Antoine, c'est Emerson. Tu peux me rappeler, s'il te plaît ? » À chaque fois, je ne savais pas ce qui me rendait le plus triste : cette dignité et cette pudeur poignantes de mes frères, ou bien la distance qu'ainsi ils maintenaient entre eux et moi.

Ce coup-ci, c'est Marie-Pascale qui appelait. Les heures de conversation-vérité que nous avions eues elle et moi lors de mon dernier séjour là-bas avaient créé entre nous une complicité qui se passait désormais de manières :

— Antoine, c'est Marie-Pascale. Tu peux rappeler, s'il te plaît ?

Son calme indiquait qu'il avait dû se passer quelque chose de suffisamment grave pour lui faire faire l'économie d'un bonjour, mais rien d'irréversible non plus.

J'ai dit « O.K. à tout de suite » en tentant de maîtriser le ton de ma voix, et j'ai composé le numéro en prenant une longue inspiration pour me calmer. Marie-Pascale a répondu à la première sonnerie et m'a annoncé de but en blanc que mon père avait eu la veille au soir un malaise cardiaque au volant de sa voiture, à la sortie de Richeterre, alors qu'il se rendait seul au stade pour assister à un match de foot, qu'heureusement la course de la voiture avait été stoppée par les buissons et qu'il n'avait subi aucun choc grave, juste un gros hématome sur le front parce que sa tête était allée percuter le tableau de bord (« Tu sais bien, ici, la ceinture de sécurité, personne ne la met »), qu'il était tombé en syncope et qu'heureusement un gérant d'hôtel du coin, qui roulait juste derrière, l'avait immédiatement emmené à l'Hôpital général où ils lui avaient d'abord donné de l'aspirine et avaient réussi à le réanimer avec un vieux... *défibrillateur* ?, je crois que c'est comme ça qu'on dit, et le médecin avait dit au gérant d'hôtel qu'heureusement qu'il était là et qu'heureusement que ça c'était passé à l'entrée de la ville, sinon mon père n'aurait pas tenu le coup, « oui, ne t'inquiète pas, là il va mieux, ça y est, il respire à nouveau normalement, il va beaucoup mieux, si on ne t'a pas prévenu c'est à cause du décalage horaire, c'était déjà la pleine nuit en France quand c'est arrivé, et même nous, tu sais, même nous on l'a pas appris tout de suite, et Thomas a pensé que ce n'était pas la peine de te paniquer, il a dit qu'on attendrait ce matin pour te le dire... Oui, je t'assure, il va bien, là, il est réveillé, il parle, il plaisante même, tu le connais. Il a mangé un peu tout à l'heure et Thomas a décidé de le faire transférer à Port-Garcia, à la clinique Des Rosiers, parce que l'hôpital, tu sais ce que c'est ici, ils n'ont pas de matériel, rien, et il n'y a pas suffisamment de place pour le mettre seul dans une chambre. Et puis, à Des Rosiers, il y a le docteur Brabancienne qui le connaît bien. Et, justement, Brabancienne, il a dit à Thomas qu'il fallait que ton père reste en observation au service de réanimation cardio-pulmonaire », qu'il faudrait faire des examens et des analyses avec le cardiologue, que tout ça, ça allait coûter mais que Thomas, Ben, Emerson ou encore moins mon père ne feraient jamais la démarche de me demander quoi que ce soit, « tu les connais. Alors c'est moi qui te demande : fais quelque chose, ne dis pas que c'est moi qui t'ai dit de le faire, dis-leur juste que je t'ai annoncé l'accident sans plus, propose-leur de faire quelque chose comme si c'était toi qui en avais eu l'idée, c'est le seul moyen qu'ils acceptent, tu les connais, tu sais comme ils sont fiers ».

Pendant qu'elle parlait, je me suis demandé

comment j'aurais réagi si elle m'avait annoncé qu'il était mort, si j'aurais pleuré ou non.

— Je vais venir, me suis-je aussitôt décidé à voix haute tout en passant mentalement en revue les rendez-vous de promo qu'il me faudrait annuler, heureusement que le gros de la vague était déjà passé. Je vais venir. J'ai une audition importante vendredi en huit mais, juste après, je viens passer quelques jours avec vous et je prends en charge les frais d'hôpital, je vais acheter mon billet dès aujourd'hui.

— Ça va leur faire plaisir, a commenté Marie-Pascale avec un enthousiasme qui disait indirectement sa joie, à elle surtout, de me revoir.

Elle a ajouté aussitôt, un peu gênée :

— Qu'est-ce que c'est, exactement, une audition ?

J'aimais cette admiration déférente, limite intimidée, avec laquelle mes proches, parfois, se souvenaient de me remettre sur un piédestal.

— Eh ben, c'est un essai pour un rôle, en fait. Tu te retrouves face à un metteur en scène, parfois tu as même le producteur qui est là, et on te demande soit de jouer une scène du film, soit d'improviser, ça dépend. Vous êtes plusieurs à être auditionnés, et ensuite tu attends qu'on t'appelle pour te dire si c'est toi qui as été choisi ou pas pour le film, voilà. Et, pour cette audition-là, j'ai ajouté pour ma satisfaction personnelle, pour cette audition-là, le metteur en scène voudrait vérifier si je suis bien assorti à l'actrice principale, qui est très connue.

— Ah bon ? Comment elle s'appelle ?

— Aliénor Champlain.

— Ah, je connais pas, a fait Marie-Pascale, qui avait l'air tout aussi embêtée de ne pas connaître que déçue de ne m'avoir pas entendu répondre Cameron Diaz ou Sophie Marceau.

— C'est sûr, c'est pas une *super*-superstar, me suis-je justifié sans me sentir le moins du monde vexé. Disons qu'en France, elle est très connue. Mais je suis sûr que tu connais son visage, elle est dans plein de magazines. Tu sais, une brune, un peu femme fatale, très femme. Elle ressemble un peu, je sais pas si tu te souviens, c'est très loin, elle ressemble un peu à la fille qui jouait dans le clip de *Wishing Well*, de Terence Trent D'Arby, celle qui lit *Le Monde* sur un banc, en moins souriante, en plus bizarre.

— Ouh là là ! qu'est-ce que tu vas me chercher là ? s'est emballée Marie-Pascale en riant, bien sûr que je connais la chanson, mais tu crois que je me souviens du clip ?

— Elle a même été en couverture de *Public* au mois de juillet, ai-je fini par lâcher, à bout d'arguments, parce qu'elle est sortie avec Matt Damon. Vous recevez bien *Public*, là-bas ? Tu vois qui c'est, Matt Damon ?

— Non.

— Le soldat Ryan, dans *Il faut sauver le soldat*

Ryan, eh ben c'est lui. Tu l'as vu, ce film, quand même, non ?

— Non plus. Je ne suis pas très forte, en cinéma, Antoine.

— C'est pas grave.

J'ai pensé hypocritement qu'heureusement qu'il existait des gens comme Marie-Pascale pour me remettre à ma place, de temps en temps.

— Tu sais qu'on t'a vu sur TV5, l'autre jour ?

— Ah bon ? j'ai feint de m'étonner à la légère, tout en savourant ce « on » qui signifiait que Thomas avait dû regarder aussi, et qu'il avait beau ne jamais faire allusion à ma carrière au téléphone, il ne pouvait pas en ignorer le degré d'avancement.

— Oui, ils ont montré des extraits du film. Pourquoi on t'a habillé comme ça ?

Puis, jugeant sans doute trop désinvolte le tour qu'avait pris notre conversation, Marie-Pascale a brusquement interrompu l'échange, laissant à la place un silence qu'il me revenait de combler, parce que c'est quand même de mon père à moi qu'il s'agissait. Et moi, pour ne pas embarrasser davantage Marie-Pascale, je lui ai demandé de me donner le numéro de la clinique Des Rosiers.

La standardiste m'a répondu avec un ton très appliqué qui voulait signifier à ses interlocuteurs qu'à la clinique Des Rosiers, contrairement à l'ensemble des hôpitaux publics des Concordines, d'une part on répondait au téléphone, de l'autre dans un français correct, et que ces deux simples faits suffisaient à vous assurer du sérieux de l'établissement.

À cause de la mauvaise liaison par satellite, ma voix me revenait en écho avec un décalage d'une bonne seconde et, lorsque la standardiste m'a passé la chambre de mon père, j'ai dû faire un gros effort de concentration pour essayer d'enchaîner normalement mes phrases avec toute la gravité requise, sans me laisser disperser par mes propres mots qui résonnaient.

— Allô ?

— Allô, Papa ?

J'avais bien conscience que je disais « Papa » à mon père un peu comme, jusqu'à Elvira, j'avais dit « Je t'aime » aux filles : parce qu'il fallait bien finir par le dire à un moment donné et que, de toute façon, il n'y avait pas d'autre mot.

— Non, c'est Thomas. C'est qui? C'est toi, Antoine?

— Oui, c'est moi. Vous avez vraiment la même voix tous les deux, c'est incroyable, je me trompe à chaque fois, je lui ai fait, comme si j'étais un simple ami de la famille. Comment il va?

— Il se repose, là.

— Il est à côté de toi? Je peux lui dire un mot?

— Je préfère pas. Il est très affaibli. Tu peux réessayer plus tard si tu veux.

Il est très affaibli : Thomas mettait de l'emphase, comme dans un dialogue mal doublé de téléfilm. Comme je savais qu'il serait vain de lui reprocher sa résistance à faire barrage entre moi et notre père, comme je sentais qu'il attendait que je m'énerve pour jouir à distance de mon impuissance, j'ai préféré le prendre par les sentiments, lui accorder un peu de cette importance d'aîné et de favori dont il savait très bien que je ne la prenais pas autant au sérieux que Ben ou Emerson.

— Tu as raison, il faut pas le fatiguer. Heureusement que tu es avec lui. L'essentiel, Tom, c'est que tu sois là, toi. Il y a pas mieux pour le rassurer.

C'était étrange, ce plaisir que je ressentais à neutraliser toute offensive en tendant immédiatement la joue, avec Thomas comme avec n'importe qui d'autre, d'ailleurs. Quant à Thomas, il se laissait flatter sans rien laisser paraître de sa satisfaction. Avant tout, parce que je jouais sans broncher son jeu à lui et qu'il lui aurait paru dégradant de s'en montrer reconnaissant. Ensuite, parce qu'il n'était pas bête et qu'il sentait bien que le côté *je te brosse dans le sens du poil* de ma démarche avait d'insidieux relents d'insolence. Bref, j'avais l'esprit plus critique que Ben ou Emerson, et c'est aussi pour cela qu'à ses yeux, je ne serais jamais vraiment des leurs. Mais c'est également pour cette raison qu'il me respectait avec cette hostilité contenue, à mi-chemin entre la haine et l'admiration, bien plus qu'il ne les respecterait jamais.

Thomas a donc commencé à me répéter à peu près mot pour mot ce que Marie-Pascale m'avait déjà annoncé, avec la solennité qui seyait à son statut de chef de famille intérimaire. Puis, en plein milieu d'une phrase, derrière la voix de Thomas, j'ai entendu celle de mon père qui, probablement depuis son lit, s'était d'autorité emparé du combiné :

— Allô ? C'est toi, Antoine ?

— Oui, c'est moi. Comment tu te sens, Papa ?

— Ah, mon fils, tu m'as appelé. Qu'est-ce que je suis content de t'entendre !

Mon fils. La formule était sans doute une perversité gratuite de vieux patriarche en état de faiblesse temporaire destinée à rendre Thomas jaloux. Mais je me suis dit que, chez mon père, les mots doux, c'était comme les appels téléphoniques : il fallait les prendre comme tels, en acceptant la règle du jeu, sans broncher ni chercher à comprendre.

Je me suis donc retrouvé chez Mélikian dès le vendredi soir suivant, beaucoup plus vite que prévu. Il avait pris ma réponse au mot, le bougre, et m'avait proposé dès le lendemain par mail d'intervenir dans sa classe le samedi de la même semaine. Ça m'a paru un peu précipité, mon entrain était retombé dans l'intervalle, pour tout dire ça me prenait la tête. Mais je n'avais aucune bonne raison de refuser (pas l'attaque de mon père en tout cas), ni le cran d'inventer un bobard valable après les « Ça me fait vraiment très plaisir d'avoir de tes nouvelles », « Je serais très heureux de te revoir » et autres « Je viens quand tu veux, c'est une très bonne idée, les projections du samedi » dont j'avais truffé mon message.

J'ai, ainsi, décidé d'assumer sans chercher à me faire désirer et j'ai dit oui pour le lycée samedi, et oui aussi dans la foulée à l'invitation à dîner la veille chez lui et sa femme, à Paris, encore heureux qu'ils n'aient pas vécu en banlieue. Ça me prenait tout autant la tête, ce dîner, mais je me suis trouvé une bonne raison d'y aller en me disant qu'il deviendrait peut-être rare, avec le succès, de continuer à être invité chez des gens normaux. Et que, pour continuer à exercer son métier d'une façon crédible, un acteur se devait d'aller chercher l'inspiration en observant de près les gens normaux aussi souvent que l'occasion se présentait. Et puis, ce serait toujours une soirée gagnée à éviter de penser à Elvira.

Le taxi m'a déposé devant l'immeuble des Mélikian et j'en suis sorti avec une bouteille de pomerol dans une main et des fleurs pour madame dans l'autre, assez détendu et satisfait finalement : satisfait d'être libre et relativement célèbre, satisfait d'exercer un métier enviable, satisfait de n'envier personne, satisfait de me prêter sans manières aux choses simples de monsieur-tout-le-monde (une invitation à dîner, une bonne bouteille et des fleurs à la main), goûtant surtout à ce privilège si particulier d'être précédé par sa réputation, donc de n'avoir d'autre effort à fournir, auprès de ces gens normaux qui m'attendaient avec une curiosité fascinée, que celui d'être venu.

J'ai composé le code de la porte d'entrée, pris l'ascenseur et me suis retrouvé face à Mélikian, qui m'attendait sur le seuil de son appartement. Aucune rivalité possible entre nous : pas beau, moins grand et moins tonique que moi, nul signe d'hostilité instinctive à mon égard : tant mieux. Je l'ai reconnu immédiatement malgré son dos voûté, ses pattes-d'oie et ses cheveux poivre et sel précoces (moi, huit ou dix cheveux blancs à tout casser), tout aussi précoces qu'au temps du collège l'étaient ses poils sur le torse et sur les bras et qui, aujourd'hui, passaient complètement inaperçus.

La première remarque que je me suis faite, c'est qu'après nous être connus sur le versant ascendant de notre jeunesse, lui et moi, nous nous retrouvions à présent sans transition au début de notre déclin physique, à l'âge des anonymes, à l'âge des chefs de rayon, des directeurs commerciaux et des responsables marketing, à l'âge où l'on commence à hésiter à tutoyer les gens de son âge. Et que tout cela pouvait inciter à une réflexion sur quelque chose comme « L'espoir fané du *Quand on sera grands* », sur cette promesse d'avenir que le temps ne tient jamais, finalement, ou bien qu'il a tenue trop vite, sans qu'on ait eu vraiment le temps de réaliser.

Je m'explique : en apercevant Mélikian et son coup de vieux, en *nous* considérant tous les deux, sur ce palier, vingt ans plus tard, « encore jeunes » comme on dit, avec nos trente-cinq ans, nos premières rides et nos premiers cheveux blancs plus ou moins évidents, à l'heure de nos premiers bilans, en le voyant, donc, j'ai pensé aussitôt : « On attendait quoi de la vie, quand on avait douze ans, à Marivaux? On allait en cours tous les matins, on sortait nos cahiers et on flippait avant chaque interro parce que nos parents et nos profs nous disaient : "C'est pour votre bien, c'est pour plus tard." »

Vingt ans après, voilà, on y est, c'est « plus tard », faisons les comptes : Mélikian et moi, nous avons terminé notre scolarité, nous sommes devenus des adultes, nous avons un métier (le mien, assurément plus sexy que le sien). Bref, c'est la vitesse de croisière pour l'un et l'autre, nous savons désormais à quoi nous étions destinés, au cours de toutes ces années d'apprentissage. Mais ç'a été quand, exactement, notre « fleur de l'âge » ? Qu'avons-nous, au cours de cette jeunesse (entre, mettons, vingt et vingt-cinq ans), qu'avons-nous accompli de si extraordinaire qui a pu constituer un point culminant digne de ce nom de cette jeunesse ? Les dizaines de filles que j'ai sautées pendant mes années de petits boulots de merde, quand j'osais à peine les ramener dans ma chambre de bonne qui n'avait pas les chiottes à l'intérieur ? Tous les bouquins rasants comme la pluie et toutes les notes de cours qu'il a dû ingurgiter pour obtenir son agrégation, tous ses stages de formation ? À moins de t'appeler Arthur Rimbaud ou Britney Spears, entre vingt et vingt-cinq ans, t'es toujours en attente de quelque chose, d'un accomplissement des choses, d'une plénitude que tu ne peux pas atteindre, soit parce que t'es toujours en apprentissage, soit parce que t'as toujours des désirs et des frustrations qui traînent, parce que t'es pas assez mûr pour te contenter de ce que t'as. Et après, quand t'as bien galéré et si tu as la chance d'avoir obtenu plus ou moins ce que tu voulais, c'est ta jeunesse que tu recherches. Et là, tu te demandes : « Mais c'est *quand*, la vie ? *C'était* quand » ?

Et là, on me répondra : « C'est *ça*, la vie : tu te construis petit à petit. La vie, c'est derrière et c'est devant toi à la fois, *carpe diem*, mon pote. On n'obtient pas tout à la fois, ça n'aurait aucun intérêt, c'est comme ça, chaque chose en son temps, c'est la règle du jeu. » On me répondra : « Et puis, de quoi tu te plains ? T'es encore jeune, t'as une belle gueule et un beau métier : qu'est-ce que tu demandes de plus » ? Et là, je réfléchis une seconde et je dis : « Oui, c'est vrai, t'as pas tort : je suis encore jeune, j'ai pas de bide, je me tiens droit, je fais du sport, je suis en bonne santé, je fais un métier sexy, j'ai un peu d'argent et je peux me taper à peu près toutes les meufs que je veux, même davantage qu'à vingt ans. Je n'ai plus une chambre de bonne, j'ai un appart avec les chiottes à l'intérieur, c'est vrai, je suis en plein dans la vie, la vie c'est maintenant et j'en profite à fond, les fruits sont encore bien mûrs, pas pourris du tout, c'est pas dix cheveux blancs et quelques légers sillons autour de la bouche et sur le front qui vont tout gâcher. Tout ce que je viens de dire, en fait, c'était un peu hypocrite. En fait, je suis très content de mon sort mais, je sais pas, c'est en voyant Mélikian avec ses épaules voûtées et ses cheveux poivre et sel que ça m'est venu, c'est en le voyant tellement résigné à tout ça, comme s'il ne se posait plus la question de sa jeunesse, comme si, l'essence même de la vie, lui, il ne pensait pas à se poser la question. Voilà, je ne sais pas ce qui m'a pris, c'est bon, je retire, j'ai rien dit. »

J'ai donc aperçu Mélikian qui m'attendait sur le pas de la porte de son appartement, et j'ai aussitôt posé les fleurs et le pomerol à même le parquet du palier. Je me suis avancé vers lui, puis, avec un sourire exagéré, je l'ai serré dans mes bras en le tapotant dans le dos. Je l'ai huggé comme dans un film américain, je l'ai huggé pour lui montrer à quel point j'étais quelqu'un de chaleureux et spontané, croyant opportun d'assortir mon enthousiasme de ridicules inflexions, à l'américaine également, des inflexions très chantantes, très *absolute friendship* : « Heeey ! Bernaaard ! Incroyaaable ! »

Mais je me suis rapidement rendu compte que Mélikian n'était pas la bonne personne pour ce type d'effusion. Sa chemise exhalait de désagréables bouffées de sueur sèche et il est resté raide comme un piquet sous mes bras, assez gêné en fait. Il avait conservé depuis Marivaux cette façon spécifique de fixer ses interlocuteurs avec attention, mais juste en dessous des yeux, avec ses paupières à marée basse, façon Salman Rushdie, l'ensemble lui conférant un air à la fois endormi et serein, ennuyeux et perspicace. Vêtu sans coquetterie hormis une paire de Camper à bouts très ronds style *Je suis prof mais je peux être fantasque si je veux*, il avait tout du cérébral pur, négligent de son apparence : sourcils broussailleux, pas de coupe de cheveux, peau grasse, dents brunes et entartrées, sourire effacé, aucune affectation d'aucune sorte, bref, il paraissait parfaitement « lui-même ».

L'entrée de l'appartement sentait le ménage pas fait, les livres, la clope et un fond de pisse de chat, tout ceci était touchant et bien sympathique, mais j'ai commencé quand même à me demander ce que j'étais venu foutre dans cette galère.

Mélikian m'a conduit ensuite vers le salon, où une autre invitée patientait, assise un peu nerveusement sur le rebord d'un sofa convertible très usagé. Il me l'a présentée comme une collègue de lycée, mais j'ai aussitôt oublié son prénom (Fanny, ou Leslie, quelque chose comme ça), trop préoccupé à lui dire le mien le plus simplement du monde, du genre :

« Je te dis : *Antoine, enchanté*, comme si j'étais n'importe quel Antoine invité au même dîner que toi, mais je sais que tu sais que je suis Antoine Mac Pola, *le* Antoine Mac Pola de *White Stuff* (entre autres, même si les autres films dans lesquels j'ai pu jouer ont moins bien marché), *le* Antoine Mac Pola en tout cas dont tu n'as pas pu ne pas voir, il y a deux ou trois mois, le visage à la télé ou dans les magazines, et je sais que ça t'impressionne, je sais que tu attends sur ce sofa depuis un bon quart d'heure, voire davantage, à tourner ton verre de jus d'orange dans tous les sens entre tes mains jointes. Tu as attendu le cœur battant comme une midinette que je débarque dans cette pièce pour me voir enfin en vrai, je sais que tu te prépares à cette rencontre depuis ce matin, peut-être même depuis le jour où tu as appris que nous étions invités au même dîner toi et moi. Je sais que tu as pris du temps chez toi avant de venir pour choisir tes fringues, ton maquillage et ton parfum (et peut-être même es-tu allée en acheter spécialement dans la perspective de cette rencontre), je sais que tu n'en reviens pas, toi si normale, du privilège de te retrouver ce soir à ma table, même si tu réponds *Enchantée* à mon prénom comme à celui de n'importe quel autre Antoine. »

Pas indéniablement jolie, Fanny ou Leslie, rien qui puisse un tant soit peu oblitérer l'image d'Elvira (je n'aimais pas, notamment, sa mâchoire en fer à cheval et son nez mal busqué), mais féminine, manifestement propre malgré la clope, et vêtue sans mauvais goût : j'ai su dès le premier regard que j'emploierais l'essentiel de la soirée à la draguer calmement pour, pourquoi pas, finir avec elle la nuit chez moi ou chez elle, et que c'était sans doute déjà gagné vu qu'elle était venue sans mec.

J'ai été franchement troublé, en revanche, par l'irruption de la femme de Mélikian, qui s'appelait Géraldine. Son sourire distrait, sa haute taille bien droite, ses épaules bien dégagées, ses cheveux longs et ses gros seins pleins d'une vitalité nonchalante m'ont fait penser qu'elle correspondait assez bien à son prénom pourtant banal (le nom *Géraldine*, moi, ça m'a toujours évoqué une plante verte, généreuse et vigoureuse), même si je me figurais les Géraldine archétypales blondes et plus soignées que celle-ci, limite nunuches aseptisées. Même ses larges sandales, grossières copies de Birkenstock, ajoutaient à son aspect involontairement sexy. Son arrivée a quelque peu brouillé mes objectifs : c'est *elle* que j'essaierais indirectement de séduire tout en cherchant à emballer l'autre, dans l'espoir, un jour proche peut-être, de la déshabiller et de la goûter tranquillement, chez moi ou à l'hôtel, à l'insu de son mari, mari dont je pensais, peut-être à tort, qu'il avait d'autres chats à fouetter que d'être jaloux et, surtout, qu'il ne la méritait pas autant que moi physiquement, je sais que c'est pas sympa de penser ça mais c'est comme ça, je suis comme ça, on est tous plus ou moins comme ça dans ces cas-là.

Mon assurance a cependant commencé à s'émousser devant l'indifférence avec laquelle elle a accepté mes fleurs. J'avais espéré un sourire qui, en complément de sa fascination pour ma célébrité, signifierait quelque chose comme : « Vous, au moins, vous avez la délicatesse de m'offrir des fleurs. Ce n'est pas comme Bernard, qui ne comprend rien aux femmes et qui est bien de sa génération, à tourner en ridicule toutes les convenances. C'est pourtant tellement excitant, un homme qui tend galamment un bouquet. »

En lieu de tout cela, donc, elle a pris le paquet, a dit : « Ah, merci », d'un air presque déçu, comme si c'était la dernière chose à laquelle elle aurait pu penser, qu'on lui apporte des fleurs. Elle a ajouté : « Le problème, c'est que j'ai rien pour les mettre, j'achète jamais de fleurs », et a fini par les coucher telles quelles sur le buffet du salon, encore emballées, parmi un entassement précaire de classeurs et de paperasses diverses. En outre, impossible de provoquer chez elle le moindre regard de connivence sexuelle : elle m'apparaissait de plus en plus comme un bloc impénétrable de naturel, sans la moindre trace d'arrière-pensée. J'en ai conclu que, tout compte fait, ils n'étaient peut-être pas si désassortis qu'ils en avaient l'air, avec Mélikian, tant mieux pour eux, tant pis pour elle.

Fanny ou Leslie, en revanche, fournissait de gros efforts afin d'éviter de croiser mon regard, efforts inversement proportionnels à l'effet que je semblais produire sur elle. Crispée sur son verre vide et sa cigarette, elle tentait de se donner une contenance en prenant des airs dédaigneux et absents. Mais j'étais touché par cette timidité chez une nana que j'imaginais très bien en classe, face à des jeunes goguenards sans pitié, en faire des tonnes pour ne pas se laisser démonter, et pleurer comme une petite fille le soir chez elle en racontant à sa mère par téléphone combien sa journée avait été pourrie et combien elle détestait son boulot.

Mélikian m'a fait signe de m'asseoir. Sur la table basse, des paquets de cigarettes entamés, un cendrier déjà rempli de mégots, quelques verres dépareillés et des apéros d'éternels adolescents (comme semblent l'être restés beaucoup de profs de ma génération, avec leurs jeans-baskets et leurs sacs à dos) : un bol de cacahuètes et une boîte de Pringles auxquels je me ferais un devoir de ne pas toucher pour bien marquer ma réticence, des canettes de Kronenbourg pas assez fraîches, des jus d'orange et de pomme en brique Leader Price, du Coca en train de s'éventer. Affligé, j'ai réclamé un verre d'eau, sachant qu'il serait vain de préciser « minérale », et j'ai souri large en essayant de ne pas trop penser à ce que me réservait le dîner, ni à la fumée de toutes ces cigarettes qui était en train de ruiner mes fringues et mes cheveux propres.

Puis Géraldine, qui s'était éclipsée quelques secondes, est réapparue avec deux petits garçons en pyjama qui venaient dire bonsoir aux invités avant d'aller se coucher, et dont j'ai également oublié les prénoms, des choses comme Romain et Thibaut, ou Maxime et Arthur, je ne sais plus. Ils avaient l'un comme l'autre un air grave et attentif qui m'a perturbé. Je me suis senti triste, tout à coup, un peu mal à l'aise. J'aurais préféré ne pas les avoir rencontrés, mais j'ai quand même parfaitement joué mon rôle d'adulte cool en leur faisant la bise et en leur demandant s'ils aimaient, une fois couchés et la porte de leur chambre entrouverte, écouter au loin le cliquetis des couverts dans les assiettes et les rires des grands à table, si ça les faisait se sentir bien et si ça les aidait à s'endormir. Le plus grand a hoché la tête avec un sourire et m'a demandé comment ça s'écrivait, « cliquetis ». Je me suis d'abord demandé si « cliquetis » était vraiment le mot adéquat, si quelque chose comme « tintement », ou « entrechoc », ou « choquement », n'aurait pas été plus approprié, puis je le lui ai épelé, en espérant que Géraldine s'émouvait de l'échange.

Elle est partie coucher les gamins et, pour passer le temps, j'ai décidé de prendre la conversation en main. Je me suis redressé dans mon fauteuil, penché en avant, j'ai plongé mes yeux dans ceux de Mélikian en excluant délibérément Fanny ou Leslie de mon champ de vision, j'ai pris un air concentré et je lui ai dit :

— C'est pas rien, quand même, d'avoir été en classe ensemble : t'as vu la complicité immédiate que ça crée ? Tout de suite, on est en confiance, c'est comme un lien familial, tu trouves pas ? C'est un drôle de truc, ça te renvoie à une sensation vachement bizarre, un peu magique, ça te renvoie à quelque chose d'essentiel, à une espèce d'état d'innocence qui surpasse les faux-semblants, le jeu social, tous ces trucs, non ? Je ne vois pas, par exemple, comment on pourrait essayer de se la jouer l'un en face de l'autre. Parce que je suis sûr que, comme moi, c'est celui que j'étais à douze ans que tu vois là, pas l'adulte que je suis devenu, non ? Moi, en tout cas, ce qui m'est tout de suite venu à l'esprit en te revoyant, c'est pas ta tête de trentenaire d'aujourd'hui, ta femme, ton appart, ton job, tes enfants, tout ça, mais le sac US que tu portais à Marivaux avec écrit dessus *Trust*, *Police* et *AC/DC* au marker. J'ai pensé aussi à tes Kickers, avec un point rouge collé sous la semelle gauche et un vert sous la droite. Tu t'en souviens, de tes Kickers ? T'étais le seul à en avoir, à l'époque, et personne ne se doutait que ça allait devenir vachement à la mode. (Je n'ai quand même pas osé ajouter : « D'ailleurs, tout le monde se foutait de ta gueule, avec tes Kickers, moi compris. »)

Mélikian acquiesçait en silence, surpris sans doute par ma verve et mon enthousiasme. Je lui ai dit :

— C'est rassurant, des retrouvailles comme ça, c'est une bonne façon de te rendre compte — ou de te persuader, je ne sais pas (j'ai eu un petit rire idiot) — que tu ne vieillis jamais vraiment, que "être adulte", ça n'a pas vraiment de sens. Parce que ceux qui vieillissent en même temps que toi paraissent toujours jeunes à tes yeux, forcément. Regarde, t'as pas l'impression que des filles de notre génération, comme Vanessa Paradis ou Charlotte Gainsbourg, par exemple, la trentaine bien sonnée, comme nous, eh bien, t'as pas l'impression qu'elles ont toujours seize ans ? D'ailleurs, je suis sûr que c'est le talon d'Achille de plus ou moins tout le monde, les années collège, tu crois pas ?

J'ai poursuivi sur ce registre tout seul pendant une minute puis, pour susciter quand même un échange, j'ai cru bon d'embrayer sur l'évocation d'anecdotes précises, de camarades et de profs, poussant la sollicitude jusqu'à feindre d'avoir certains noms sur le bout de la langue, rien que pour ménager à Mélikian le bonheur de me livrer la réponse. À ce jeu pourtant simple et jouissif, il se prêtait avec un entrain raisonnable, sans plus. Il était décidément très bien, Mélikian, pas superficiel pour deux ronds, pas imbécilement nostalgique, certainement pas du genre en tout cas à s'inscrire sur *Copains d'avant* ou à fredonner comme un hymne *Capitaine Flam* ou *Candie*. Il était très certainement très intègre et très intéressant. Et pourtant, rien à faire, il ne m'intéressait pas, pas assez futile ni assez pervers sans doute.

Je pensais déjà aux prochaines questions qu'il me faudrait lui poser afin d'éviter qu'un blanc ne s'installe dans la conversation (ce n'est pas qu'un silence gêné m'eût indisposé, au contraire, mais je voulais vraiment lui faire plaisir), j'étais vaguement en train de chercher l'inspiration quand un nouvel invité a sonné puis fait son entrée dans le salon. Il a salué en vitesse Fanny ou Leslie qu'il connaissait déjà, manifestement tendu lui aussi à l'idée de me rencontrer et de ne surtout pas le laisser transparaître. « François, Antoine », nous a sobrement présentés Mélikian l'un à l'autre, comme si ce soir, mais sans que cela trompe personne, j'étais *Antoine* pour tout le monde, pas Antoine Mac Pola.

François était de toute évidence l'alibi intello « hors lycée » de Mélikian. Ainsi ai-je rapidement appris qu'il avait raté de peu le concours d'entrée à la FEMIS, qu'il écrivait plus ou moins régulièrement des critiques de films dans une revue trimestrielle dont je ne connaissais pas le nom, qu'il « vénérait » Lubitsch et Tarkovski et qu'il essayait actuellement de trouver un producteur pour financer son premier court métrage : « C'est sûr, le cinéma de dialogues, le cinéma un peu exigeant, c'est pas ça qui les intéresse les producteurs, c'est pas assez *binkébeule.* » En trente secondes, ce garçon avait livré à un parfait inconnu (moi) ce qui lui tenait le plus à cœur dans la vie, et sans doute maudissait-il déjà sa précipitation. Pour ma part, j'ai souri naïvement, comme si je ne relevais pas, tout à la fois, la pique méprisante et l'énorme appel du pied qu'il me lançait. Car, s'il était très certainement le genre de type à descendre en flammes *White Stuff* dans son canard (« Un scénario indigent, une réalisation sans hardiesse, un acteur principal trop cabotin »), il n'en allait pas moins, à un moment ou à un autre de la soirée, me proposer de me remettre son script pour que je le lise, sans oser me prier trop ouvertement d'en parler à des contacts bien placés.

Je l'ai court-circuité en douceur :

— Ah oui, ah oui, c'est bien, c'est vachement bien, il faut continuer, bonne chance. En persévérant, si ton truc est vraiment bon, ça devrait finir par le faire. Parce qu'il n'y a pas de raison, la qualité, bankable ou pas, ça marche toujours. Il y aura toujours quelqu'un quelque part pour la reconnaître et te donner ta chance. Sois patient, je vois pas d'autre solution de toute façon.

J'ai achevé de démolir François au cours de l'inévitable discussion sur le cinéma qui s'en est suivie au cours du dîner. En entrée, Géraldine avait servi des œufs durs écrasés avec une sauce *thousand islands* toute prête, du genre « Il faut bien faire une entrée quand on invite des gens à dîner ». En plat principal, une blanquette de veau Picard, un riz rond à cuisson rapide beaucoup trop cuit en accompagnement, et, pour le dessert, des sorbets Dean & Lucas pour la touche « Je cuisine pas mais je sais ce qui est bon ». Côté vin, je n'ai pas compris si c'est par négligence ou à dessein (lequel ?) qu'elle avait laissé mon pomerol à la cuisine. À la place, un cache-misère trop soufré à trois ou quatre euros dont j'imaginais très bien qu'il avait été choisi parce qu'il y avait écrit « Bordeaux » et « Mis en bouteille au château » sur l'étiquette, et que 2003 était suffisamment loin de 2006 pour considérer que c'était une bonne année, bref, de toute façon c'est ainsi que procèdent une grosse majorité des Français dans ces cas-là.

On a donc parlé cinéma pendant le dîner, entre les déglutitions des uns et des autres, le vin et leurs inévitables pauses cigarettes. Je les laissais donner leur avis sur les sorties récentes de films en me faisant le plus consensuel et attentif possible, en disant des choses comme : « Non, je l'ai pas vu, celui-là, mais on m'en a parlé. C'est bien ? Ah bon ? Vraiment ? Alors il faudra que je me débrouille pour aller le voir », des choses comme : « Ah oui, c'est vrai que Hitchcock, c'est fabuleux », comme : « Et la carte UGC Illimité, ça vaut vraiment le coup ? »

Mélikian intervenait peu, non tant parce qu'il n'avait rien à dire sur le sujet que parce que son humilité naturelle semblait l'y prédisposer. Il se taisait, parce qu'il était heureux de me voir débattre principalement avec François et qu'il s'imaginait que j'y prenais du plaisir, parce que cela suffisait à lui faire considérer que sa soirée était réussie. Géraldine, de la même façon, gardait une réserve ravie qui me la rendait à nouveau désirable. Avec une émouvante simplicité, ils paraissaient l'un et l'autre tout autant surpris que rassurés de recevoir à leur table quelqu'un de célèbre qui se comportait comme un être humain normal, qui ne donnait pas l'impression d'avoir tellement mieux à faire ailleurs. Pour ma part, je ne savais toujours pas très bien si je faisais l'effort de me rendre accessible par narcissisme, ou bien si j'étais authentiquement incapable d'attraper la grosse tête. Quant à Fanny ou Leslie, qu'une longue pratique des débats en salle des profs avait manifestement désinhibée, elle tentait bien, au gré de quelques interventions véhémentes, de prouver qu'elle avait aussi un avis.

Je m'emmerdais sec, cela n'entamait pas ma politesse, mais je commençais à m'impatienter un peu. Aussi, au moment du dessert, sans grande motivation, me suis-je décidé à leur resservir une version express de mon discours habituel, organisé depuis quelques mois principalement autour de l'œuvre de Steven Soderbergh, qu'à quelques exceptions près je connaissais par cœur.

Lorsque vous argumentez votre amour du cinéma face à des amateurs ordinaires en avançant le nom de Steven Soderbergh, inévitablement vous décevez. À moins que vous ne soyez, comme moi, un comédien un peu célèbre, séducteur et volubile. Dans ce cas, c'est le seul respect qu'on porte instinctivement à votre statut qui vous y autorise (et ça me fait bien rigoler parce que mes opinions n'ont pas tant évolué que ça, depuis l'époque où je n'étais pas assez connu pour que l'on me prenne au sérieux). Vers le dessert, donc, sachant parfaitement ce que ma phrase comportait de subversif et de provocateur parmi ces profs à bon goût convenu, j'ai rebondi sur je ne sais plus trop quoi, et j'ai dit :

— Bien sûr, il y a des types comme Tarentino, David Fincher ou James Gray, bien sûr il y a l'incroyable Gus Van Sant. Mais, pour moi, le plus doué, le plus fin, le plus drôle et le plus classe, le plus synthétique de tous ces talents-là en quelque sorte, c'est Steven Soderbergh.

À quoi Fanny ou Leslie, que ma simplicité au cours du dîner, ainsi que le vin, avaient fini par complètement libérer, a répondu tout de go :

— Celui qui a fait *Ocean's Eleven* et *Erin Brockovitch* ? Mais c'est vachement commercial !

J'ai regardé en coin François, qui, transpirant toujours un fond d'envie et d'amertume à mon égard, devait tenter de se persuader que j'étais bel et bien aussi inculte qu'il se l'était imaginé en voyant ma tronche et mes interviews dans les magazines, un type léger et écervelé, une imposture bien de l'époque.

Je me suis demandé si cela vaudrait bien la peine que je consacre de longues minutes à démontrer à ces gens qui comptaient si peu pour moi pourquoi *Ocean's Eleven* était un film extrêmement fin, élégant, classe, drôle et réussi (fin, élégant, classe, drôle, réussi *et* — tant mieux pour Soderbergh — commercial). Mais, rien que pour prouver à François que je savais raisonner, j'ai dit, toujours en faisant mine de m'adresser à Fanny ou Leslie :

— Soderbergh, il faut bien comprendre que c'est un mec qui fait, et qui peut se permettre de faire, *ce qu'il veut* (j'ai accentué lourdement mon *ce qu'il veut*), même à Hollywood, où tout paraît si normé, même si, au premier abord, ses films paraissent tirés au cordeau et parfaitement formatés. En fait, il est libre, Soderbergh. Il filme au gré de son inspiration et de ses humeurs, même si on peut, à juste titre, lui reprocher un manque général de passion, d'émotion, une certaine froideur, un esprit parfois très parodique, très BD, un côté un peu trop « ciné pour mecs ». Mais je trouve que, quand c'est brillant et maîtrisé à ce point, ça compense le manque de passion. Ce que je veux dire, c'est que Soderbergh, il peut faire durer les séquences le temps qu'il veut, casser le rythme, changer de registre d'un plan à l'autre, jouer avec le scénario, tenter des trucs gonflés ou casse-gueule avec ses acteurs, tout semble facile pour lui. Il y a des artistes comme ça, qui peuvent tout se permettre grâce à leur intuition naturelle de la justesse et de l'équilibre (j'ai insisté aussi sur *équilibre*), du style Lelouch chez nous, toutes proportions gardées bien sûr. Soderbergh, il filme comme il respire et ça sonne toujours juste, il n'y a jamais de problème de rythme nulle part parce qu'il est naturellement doué et qu'il a un sens naturel de l'équilibre, sans parler de son génie du casting, jusque dans les rôles les plus éphémères. Il est doué, drôle, intelligent, intuitif et fantaisiste, c'est tout. Il est libre et il peut toucher à tous les genres, créer des ruptures de narration (ça faisait assez FEMIS et assez prof de lettres, je trouve, « *ruptures de narration* »), il peut réinventer le découpage et le montage, essayer des contre-pieds en tout genre, ça fonctionne presque à tous les coups. Mais bon, c'est sûr, il faut parfois s'accrocher un peu pour bien saisir toutes les nuances du scénario, il prend pas le spectateur pour un con, lui, il lui demande beaucoup, au spectateur. Sans compter qu'en France, s'il est parfois aussi mal jugé dans la presse, c'est parce qu'on ne saisit pas la moitié des blagues et des références dans ses films. Et puis, c'est un geyser à idées, ce type.

Dans tous ses films, il y a des idées, et c'est pas donné à tout le monde, d'avoir des idées.

Fanny ou Leslie ne m'écoutait pas vraiment : elle se laissait plutôt embarquer par ma verve et mon charisme, comme tout le monde. J'étais lancé, j'ai poursuivi :

— Tiens, par exemple, tu citais *Ocean's Eleven* : tu te rappelles la scène de nuit où Don Cheadle éteint toutes les lumières de Las Vegas ? C'est pas une idée, ça, éteindre Las Vegas ? Enfin, Las Vegas, quoi !

J'ai laissé échapper un rire bref pour moi tout seul. Je me doutais bien que Fanny ou Leslie avait oublié la scène et que le nom de Don Cheadle ne lui évoquait rien du tout. D'ailleurs, c'est François qui a parlé :

— Oui, enfin, ça, c'est plutôt une idée de scénariste que de metteur en scène. Et je suis pas sûr que Soderbergh soit aussi le scénariste d'*Ocean's Eleven*.

Il voulait me coincer, le con. Et il avait raison, en plus : le scénario du remake d'*Ocean's Eleven* par Soderbergh avait été écrit par je ne sais plus qui[1], mais pas par lui. Mais cette désinvolture dans le ton de François, cette façon de vouloir me contredire comme si j'étais n'importe qui, je ne savais pas si cela me vexait, ou bien me rassurait. Un instant, cependant, j'ai compris cet instinct naturel qui pousse les gens connus à tenir soi-

1. Ted Griffin.

gneusement à distance les manants, chacun son monde (même si personne autour de cette table ne se doutait que je passais une partie non négligeable de mon temps, seul chez moi, à entrer mon nom sur les moteurs de recherche d'internet pour vérifier ce qu'on disait à mon sujet sur les blogs de particuliers, que cela me déprimait de constater qu'on disait parfois du mal de moi et que la seule raison pour laquelle je m'empêchais alors d'intervenir est que j'avais un standing à assurer, à savoir qu'une célébrité n'est pas supposée s'abaisser à vérifier ce que les quidams peuvent bien dire d'elle sur le net).

J'ai repris la main sans ciller :

— Oui, mais le filmer comme Soderbergh le filme, avec son sens du détail, ça c'est à lui-même et à personne d'autre qu'il le doit. Sa touche à lui, c'est le choix de la petite camionnette que la bande de Clooney utilise dans la nuit pour aller faire leur casse minable de Pieds Nickelés à Los Angeles, dans cette espèce de centre de recherches mal surveillé où ils vont piquer cette espèce de machine complètement farfelue que personne d'autre qu'eux n'aurait l'idée d'aller piquer... Comment ça s'appelle déjà ? Comment il dit ? *A... A pinch!*, c'est ça : *A pinch.* Je sais pas comment ils ont traduit en français (je me la jouais vraiment, mais je m'en foutais), vous voyez, c'est ce truc électromagnétique, cette espèce de gros tube transparent avec des bulles jaunes à l'intérieur qui ressemble à un gadget de *Star Trek*, ce truc grâce auquel Don Cheadle, donc, va éteindre Las Vegas, vous vous en souvenez pas ? Enfin, bref, faire éteindre tout Las Vegas par un seul mec qui, qui plus est, a un mouvement d'hésitation dérisoire au moment où il enclenche sa machine depuis sa petite camionnette minable, ça, fallait avoir l'idée de le filmer comme Soderbergh l'a filmé. Ce sont des images qui restent dans la tête, ça, ce sont des épisodes qu'on prend plaisir à se remémorer pour en parler de temps en temps dans des soirées comme celle-ci, pour étayer une démonstration quelconque. Parce qu'un bon film, comme un bon livre, qu'est-ce que c'est d'autre qu'un truc qui vous laisse dans la tête des images précises qui deviennent des références personnelles à part entière ?

Je faisais le malin mais, autour de la table, les visages commençaient à afficher un air qui signifiait : « On ne se souvient pas du tout mais il a l'air de savoir de quoi il parle, ça donne même envie de revoir la scène tellement il en parle bien. »

— Cette scène, c'est l'anti-film hollywoodien, je trouve. C'est comme dans *L'Anglais* : vous l'avez vu, ce film ? Ça s'appelle en fait *The Limer*, mais les Français l'ont connement traduit par *L'Anglais*. C'est avec Terence Stamp, le mec qui joue dans *Théorème* (ça, je l'ai rajouté pour leur prouver que j'avais aussi des références plus classiques, si je voulais, et en omettant volontairement le nom de Pasolini, comme si cela allait de soi pour tout le monde). Bon, je passe sur l'incroyable montage du film, sur l'habileté de Soderbergh à jouer avec les flash-back, par exemple. Je vais juste prendre l'exemple de la fin. À la fin, il y a une poursuite sur la plage entre Terence Stamp et Peter Fonda (je n'ai pas rajouté : vous savez, le mec qui joue dans *Easy Rider*). Dans cette scène, vous n'avez *rien* (j'ai lourdement insisté sur mon *rien*), absolument *rien* d'hollywoodien : d'abord, les deux mecs sont loin d'être des jeunes premiers. Ils ont l'un et l'autre la soixantaine, ce sont deux ex-beaux du cinéma qui ne font plus trop illusion, avec leurs prothèses dentaires. La plage n'est pas en sable mais pleine de galets et de rochers, c'est la nuit, et les deux papys n'arrêtent pas de se tordre les chevilles en avançant, ils sont incapables de mettre correctement un pied devant l'autre, ils avancent comme des escargots et on se demande à chaque instant si Terence Stamp, qui est supposé (par principe, je ne dis jamais *censé*), qui est supposé flinguer Peter Fonda, ne va pas renoncer tellement il a du mal à avancer sur ces rochers. En plus, il tire comme un pied, son flingue paraît dix fois trop gros pour lui, il a du mal à le tenir droit, les bruits des coups de feu sont foireux, il est malhabile, ses jambes toutes frêles flottent dans son jean, c'est dérisoire. Dérisoire mais pas ridicule une seconde, c'est plutôt le côté dérisoire du réalisme (encore une belle formule pour les profs). Et ça, si c'est pas dynamiter intelligemment le système…

Je sentais qu'il manquait quelque chose à ma démonstration, notamment pour achever de les convaincre sur le côté « intelligent » de Soderbergh. Mais tant pis, j'étais fatigué, j'avais trop parlé de Soderbergh, j'avais passé trop de temps à dire « *Soderbergh, Soderbergh, Soderbergh* », cela avait fini par m'écœurer moi-même, j'en avais trop fait, je m'étais montré exagérément lyrique. J'aimais certes beaucoup Soderbergh, mais bon, il ne fallait pas exagérer non plus.

Mais, rien que pour emmerder François et ses Laurence Olivier et autres Gena Rowlands, dont il devait se gargariser, j'aurais pu, pour en finir complètement avec Soderbergh, citer en exemple le couple George Clooney-Jennifer Lopez à l'arrière du coffre de la bagnole, dans *Out of Sight* (pour frimer, pour les énerver, j'aurais dit *Out of Sight — aoudeu saytt —*, et pas *Hors d'atteinte*).

J'aurais pu dire :

« Cette scène, c'est la scène la plus cool de la création : une nuit claire de Floride sur le parking du pénitencier de Belle Glade, tout est calme, des coassements de crapauds-buffles, de hauts et puissants réverbères, on se croirait en vacances. Tout à coup, deux silhouettes sortent précipitamment d'un trou creusé dans la terre. Ce sont des taulards qui tentent de prendre la fuite. Jennifer Lopez, qui est flic et qui se trouve également sur ce parking à ce moment-là, dans sa voiture, les remarque et les signale aussitôt en klaxonnant à plusieurs reprises. Repérés par les projecteurs des miradors, les fuyards se font tirer dessus par les gardiens, qui les ratent. Deux autres sortent à leur tour, qui se font abattre. Mais leur mort est complètement dédramatisée par le côté clownesque de leur évasion, par la douceur de l'air mêlée à la lumière des projecteurs et par la musique jazzy composée par David Holmes : on dirait un théâtre. Profitant de la confusion, un homme tout barbouillé de suie sort du trou à son tour : c'est George Clooney, sourcils noirs et blanc des yeux exorbités comme dans un Chaplin, grimé en gardien de pénitencier dans un costume trois fois trop grand pour lui : il vient rejoindre son complice Ving Rhames. Gênés par Jennifer Lopez qui essaye de s'interposer, ils sont contraints de la prendre en otage. Tandis que Ving Rhames lui confisque son flingue et démarre pour prendre le large, Clooney la contraint à se cacher avec lui dans le coffre de sa propre voiture. À l'intérieur, ils ne sont éclairés que par la lampe torche qu'il tient à la main. On les croirait dans un lit, après l'amour, et leur posture évoque une position érotique (la cuiller). Bien que vexée et tendue, Jennifer Lopez est peu à peu charmée par la courtoisie, l'humour et la désinvolture de son ravisseur et finit par se détendre. Une conversation s'engage, fluide, spirituelle. À ce stade, déjà, Soderbergh en a dit long sur sa vision des choses : pas la peine de s'énerver, la vie est courte et les apparences sont trompeuses, offrons-nous des chances, si dramatique puisse paraître la situation, d'éviter de réagir de façon caricaturale. Mais le plus extraordinaire, c'est la nature de leur conversation : à deux reprises, au cours du trajet, ils parlent cinéma, de *Bonnie and Clyde*, de Faye Dunaway. Et tous les deux cherchent, par des exemples précis de scènes de films, à illustrer le cocasse de leur propre situation. Deuxième leçon de Soderbergh : la mise en abyme. Et la mise en abyme, quand c'est bien fait, il n'y a pas à dire, c'est une authentique preuve d'intelligence. »

Pour ne pas passer pour un fanatique, pour montrer également mon sens de la réserve, pour leur prouver que je savais parfaitement me montrer français moi aussi, à ne pas pouvoir m'enthousiasmer sans critiquer quand même un peu, j'aurais pu leur dire aussi :

— Le seul truc où il se plante, Soderbergh, c'est là où tous les réalisateurs américains se plantent en général, aussi grands soient-ils : c'est quand ils essayent de parler d'autre chose que de l'Amérique, de transposer leurs scénarios ailleurs. Ils sont *incapables* (j'aurais bien pesé sur *incapables*) d'envisager d'autres points de vue, d'autres manières que les leurs sans que ça devienne une caricature. Les fonctionnaires praguois dans *Kafka*, de Soderbergh, parlent et se comportent comme des fonctionnaires américains, tout comme les émirs arabes dans *Syriana*, produit par Soderbergh et Clooney, paraissent tout droit sortis de l'Actors Studio. Dans *Ocean's Twelve*, le commissaire italien couillonné par la bande est une caricature de flic italien de série B. Le personnage joué par Vincent Cassel dans la scène où il se fait appeler André Ciment, avec ses petites lunettes ovales, sa coupe de cheveux à la con, sa voix haut perchée, ses fines moustaches, son baisemain et son accent français à la con lorsqu'il parle anglais, est une caricature de Français vu par un Américain. Et il est tout aussi raté lorsque, tout français qu'il est, sous le nom cette fois de François Toulour, il prend des mines, des attitudes et des mots d'acteur américain pour paraître crédible aux yeux du public américain. Au même titre qu'il est ridicule et improbable de voir Brad Pitt coursé par quatre carabiniers sur la piazza Navona, à Rome, en chemise de soie et au milieu des touristes, comme un vulgaire voleur à la tire. Soderbergh veut, là encore, jouer avec des références de vieux films européens, mais il se plante. Là, même traité au second degré, ça devient ridicule. Idem avec la scène où Clooney et Scott Caan font semblant de se battre comme des chiffonniers dans un wagon de TGV pour détourner l'attention de deux agents de sécurité de chez Fabergé, avec leurs casquettes de base-ball, leur air si américain, si propre, si policé, si friqué, si sémillant. Quel Européen, quel voyageur français lambda de TGV, va aller gober un truc pareil ? Vous avez déjà vu, vous, des Américains se battre à Paris comme ils se foutent sur la gueule dans leurs films, chez eux, à Los Angeles ou à Chicago ? Allez, il faut que les metteurs en scène américains arrêtent de nous prendre pour des cons. Ou bien qu'ils ouvrent un peu les yeux, qu'ils fassent un peu preuve d'humilité et d'ouverture. Je trouve que c'est pas très bon pour leur crédibilité, ce genre de tentative.

J'aurais, également, volontiers cité Spielberg et son *Munich*, dans lequel Michael Lonsdale et Mathieu Amalric sont deux agents français du renseignement qui s'expriment exactement comme le font les agents plus ou moins ripoux de la CIA dans les films américains, sans rien de français chez eux que leur DS noire, leur repas dominical en famille avec pâté, vin rouge et saucisson. J'aurais dit : « On n'est toujours pas sortis de cet état d'esprit ricain à la con qui a fait exiger aux producteurs américains des *Visiteurs en Amérique*, dans les années 1990, que Christian Clavier et Jean Reno aient les dents blanches, et pas leurs vieux chicots français, pour mieux correspondre au goût du public US. »

J'aurais pu citer plein d'exemples comme ça, mais je ne l'ai pas fait. Car, même si j'avais le sentiment d'avoir un tant soit peu remis les pendules à l'heure, j'en avais décidément trop dit, je n'avais pas su doser mon intervention, j'avais été trop long, beaucoup trop long. Alors, j'ai décidé de me taire et de les laisser un peu parler à leur tour.

Le problème, c'est que personne n'osait plus vraiment ajouter quoi que ce soit. Non tant parce qu'ils s'étaient subitement ralliés à mon analyse que parce qu'ils paraissaient désorientés, ou plutôt assommés, limite gênés. Fanny ou Leslie, que je laissais manifestement rêveuse, tirait sur une énième clope avec un air soucieux qui était supposé laisser entendre qu'elle réfléchissait. Géraldine, yeux baissés, raclait machinalement à la petite cuiller un fond de glace virtuel dans son ramequin, et Mélikian n'avait pas à se forcer pour demeurer un mystère, avec son regard en suspens derrière ses paupières mi-closes et son sourire Mona Lisa. François, lui, cherchait un truc à dire, qu'il a d'ailleurs fini par trouver :

— Et le cinéma français, dans tout ça ?

La question se voulait provocatrice, ironique, mais, dans son principe même, elle établissait clairement que, à cette table, j'étais celui qui avait une opinion, et dont il fallait solliciter l'avis pour se faire une idée juste des choses. J'ai pensé : « C'est fou ce que les gens sont prompts à se chercher des maîtres. »

Alors, là-dessus, j'ai répondu, faut pas me lancer parce que je peux vite devenir assez désagréable, voire injuste et borné.

Et, cette fois, en effet, je n'ai pas fait dans la nuance. J'ai dit, un peu trop emporté et agressif : « Quel cinéma français ? Où vous avez vu un cinéma français, vous ? » J'ai dit qu'à part des gens comme Claire Denis, laquelle faisait l'effort de s'intéresser à autre chose que des problèmes franco-français, le cinéma français contemporain, comme la chanson et la littérature françaises contemporaines d'ailleurs, me faisait chier, que je n'allais jamais voir de films français au cinéma, tout comme je n'achetais jamais de films français en DVD ni de romans français contemporains en librairie, que le cinéma français était un cinéma d'amateurs, prétentieux et suivistes, sans savoir-faire ni imagination, avec de mauvais acteurs, souvent moches de surcroît, avec des lumières dégueulasses, un mauvais sens du rythme, des scénarios bâclés, des cigarettes à chaque plan pour occuper les mains des comédiens (cf. Desplechin) et des dialogues qui sonnaient faux 95 % du temps. J'ai dit que le cinéma français, dans le meilleur des cas, pouvait au maximum se flatter de sonner juste, comme par exemple *Le Petit Lieutenant* de Xavier Beauvois. Mais que tout ça ne pouvait par essence pas péter bien loin, que ce n'était pas seulement une question de manque de moyens, de réalisateurs ou de scénaristes talentueux, mais tout simplement une question de culture, de niveau d'exigence, de données sociétales (j'ai bien aimé mon *sociétales*).

Dans une colère contenue, j'ai poursuivi en expliquant que les cinéastes français traitaient leurs sujets d'une façon tout aussi frileuse, ennuyeuse, racornie et autosatisfaite que la France et les Français sont frileux, ennuyeux, racornis et autosatisfaits. J'ai dit que les sujets forts, les décors naturels, l'espace, la démesure, les trajectoires humaines et sociales significatives, les drames à portée universelle, la vraie confrontation des cultures, la vraie remise en cause des systèmes, l'aventure, la prédisposition à l'aventure et les mythes modernes, c'était propre à la culture américaine, pas à la nôtre, tellement pépère et tellement planquée, si pépère et si planquée qu'on ne savait plus quoi faire, chez les cinéastes parisiens bobos, pour y trouver le moindre angle exploitable pour un scénario. J'ai conclu en disant que je troquerais sans hésiter cent cinquante comédies romantiques avec Jean Dujardin, Gad Elmaleh, Mathilde Seigner, Karin Viard et consorts, pas mauvais acteurs au demeurant mais tellement mal dirigés et tout autant désincarnés que le pays est désincarné (« On joue avec la tête en France, pas avec ses émotions »), que je troquerais donc cent cinquante de ces soi-disant comédies françaises, et même cent cinquante films de pseudo-auteurs type Christophe Honoré ou Gaspard Noé ou je ne sais plus trop qui encore, que je troquerais tout ça pour un seul nanar hollywoodien bien foutu, ou même, tiens, même pour un Jean Eustache, même anticinématographique au possible, type *Une sale histoire*, avec ses raccords grossiers, ses plans fixes, son zéro glamour et son incessant bavardage, que je troquerais sans hésiter cent cinquante de ces merdes fumantes inexportables pour un seul film un peu personnel et intègre.

— Et Bacri-Jaoui, alors ? s'est vexée Fanny ou Leslie, qui prenait personnellement ma charge contre la culture française, et Bacri-Jaoui, t'aimes pas non plus ?

— Ah oui, c'est vrai, j'ai concédé, je sais pas

pourquoi je les oublie tout le temps, eux, c'est vrai que c'est pas mal. J'aime bien *Le Goût des autres* et *Comme une image*, c'est vrai. Ce que j'aime, chez eux, en dehors de la « justesse » (j'ai fait deux crochets dans l'air avec mes doigts en souriant), c'est qu'ils font des films décomplexés, qui ne cherchent pas à sous-imiter les Américains, comme Guillaume Canet par exemple. Guillaume Canet, lui, il prend tout ça au premier degré et fait des films irréalistes, en inadéquation complète avec notre culture. Je sais pas si vous avez vu *Ne le dis à personne*, mais c'est exactement ça. Je ne dis pas ça parce que je suis jaloux de Guillaume Canet, qui est par ailleurs un acteur beaucoup plus célèbre que moi. Je dis ça parce que je n'aime pas les gens inauthentiques, qui cherchent absolument à se faire aussi gros que le bœuf (et à part moi, j'ai pensé : Pas mal : « Les *Froggies* qui veulent se faire aussi grosses que le *Beef* »).

J'ai pensé également que je ne leur disais pas exactement la vérité, à propos de Canet : j'étais sans conteste jaloux du succès de Guillaume Canet parce qu'il était, parallèlement à ses aspirations de réalisateur, un comédien sans cesse sollicité. Même si je savais être beaucoup plus intelligent que lui, même si je savais être beaucoup plus cérébral et distancié que les acteurs en général et que c'était peut-être cela, le principal obstacle à mes aspirations de comédien et à ma carrière : ma trop grande distance sur les choses, ma trop grande conscience, mon ego trop retors, pas assez aveuglément hypertrophié (mon côté trop « français », en quelque sorte).

— Et Jacques Audiard, t'en penses quoi ? a gentiment demandé Mélikian, concentré derrière ses paupières débonnaires, du style : « Bon, je veux bien être un peu d'accord avec toi, mais lui, quand même, il est pas mal, non ? »

— Ben, *De battre mon cœur s'est arrêté*, par exemple, j'ai trouvé ça pas mal, jusqu'au moment où Niels Arestrup est retrouvé mort dans son appartement, une balle dans la tête et les traces de sa cervelle éclatée contre le mur. Dans les films français, dès qu'on sort un flingue, ça sonne faux, de toute façon. C'est pas notre culture, le flingue. C'est comme les poursuites de bagnoles, le sang, les bastons, l'action en général : avec ces machins-là, il faut qu'on se dise une fois pour toutes qu'on n'est pas sur notre terrain. C'est comme, je sais pas moi, c'est comme si les Californiens se mettaient à faire du camembert : ça nous ferait bien marrer, non ? (J'aurais pu trouver nettement mieux comme comparaison, mais tant pis.)

— Dis donc, t'es vachement dur, je trouve, a grimacé Fanny ou Leslie. Et Grynszpan, t'en penses aussi la même chose ? Parce que, je voudrais pas critiquer, mais si on s'en tient à ce que tu as dit, *White Stuff*, c'est quand même très français aussi, non ?

Un silence a suivi. Fanny ou Leslie venait de mettre les pieds dans le plat et nous lui en étions tous secrètement reconnaissants : nous allions enfin parler de moi, de mon métier, de mes rôles, mais surtout de mon statut de demi-star, des interviews, des magazines, des télés, des sunlights, des peoples, de tout ça, de ce monde-là, de toutes ces choses qui fascinent tant le commun des mortels. J'étais venu pour ça, et eux aussi. Mais, depuis le début du dîner, une sorte de pudeur réciproque nous avait tenus éloignés du sujet, alors que c'était le seul qui nous intéressait vraiment. Eux par timidité et parce qu'ils ne savaient plus sur quel pied danser avec moi (« Comment parler ou faire parler de lui ce type qui ne parle jamais de lui, qui paraît si simple, si pas people, et qui nous parle comme à ses amis ? »), et moi par fausse humilité (« Si vous ne vous décidez pas à me parler de moi, je vous préviens, c'est pas moi qui vous ferai ce plaisir, parce que j'ai ma dignité »).

Je me suis donc composé un air très désintéressé, du genre « Je ne souhaitais pas particulièrement aborder le sujet, mais bon, si vous insistez, soit », et j'ai répondu à Fanny ou Leslie :

— Grynszpan, très honnêtement, j'en pense un peu la même chose que des autres, même si je le trouve globalement plus fin. J'aime aussi le fait qu'il ait eu le courage de choisir un titre en anglais assez élaboré pour son film, ça c'est plutôt pas mal. Mais bon. Comme il m'a fait jouer le premier rôle de son film, je ne vais pas non plus le descendre, ce serait un peu cynique de ma part. On est forcément plus indulgent et plus nuancé à propos des gens avec lesquels on travaille, et à plus forte raison lorsque ces gens-là vous ont changé la vie. Parce que je n'oublie pas que c'est quand même grâce à Grynszpan et *White Stuff* que j'ai pu enfin sortir de mes petits rôles à la télé et dans les pubs, que je bénéficie aujourd'hui d'une vraie reconnaissance et que je reçois enfin des propositions intéressantes. Et que tout ça me permet désormais de me considérer comme un acteur à part entière.

— Quoi, par exemple, comme propositions ? m'a coupé Fanny ou Leslie, qui avait manifestement pris la tête de la contre-offensive.

Par superstition, j'aurais dû me taire. Mais, n'en revenant pas moi-même, je n'ai pas pu me priver du plaisir de lâcher le morceau (et puis, ces petites satisfactions parallèles, c'est tout l'intérêt de ces métiers-là) :

— Ben, vendredi, par exemple, je fais un essai avec Aliénor Champlain.

— Ah oui d'accord, a admiré Géraldine pour tout le monde.

Là, j'avais frappé vraiment très fort. Je sentais que l'information les ramenait tous à une réalité brutale : nous ne faisions définitivement pas partie du même monde eux et moi, tout assis que j'étais à la même table qu'eux depuis plus de deux heures. Bien plus : mon côté accessible s'apparentait désormais à de la mansuétude, et ma présence à leurs côtés en devenait d'autant plus écrasante, voire humiliante.

— Mais, vous savez, j'ai fait presque en m'excusant, vous savez, tout le mal que je vous dis de tous ces gens-là, tout le mal que je vous dirais même de Grynszpan si je ne lui étais pas aussi reconnaissant, tout ce mal-là, je pourrais tout aussi bien vous le dire de moi-même. Ma place, ma valeur, je la connais. Je ne suis ni Al Pacino, ni Denzel Washington, ni même un acteur hollywoodien de second rang et je ne le deviendrai jamais, ça c'est sûr, je ne joue pas dans la même cour. Je me considère comme un acteur français moyen qui joue dans des films français moyens, qui rêve de Hollywood comme d'une consécration impossible, et je m'accepte comme tel. Mes films, c'est sûr, je n'irais pas les voir, si j'étais juste un spectateur. Mais je fais ce que je peux avec ma culture et mon imaginaire, si étriqués soient-ils, je fais ce que je me sens capable de faire. Alors, c'est vrai, la plupart du temps, je ne me foule pas, je me contente du minimum syndical, je me fie à mon instinct et ça finit toujours par passer à peu près. Je ne bosse pas assez, je suis trop flemmard. À chaque fois que je vois un film dans lequel je joue, je ne vois que mes insuffisances et mes faiblesses, je me trouve à chaque fois en deçà de mes possibilités, je me dis que j'aurais pu faire tellement mieux. Mais, avec le temps, j'ai fini par me dire que, au bout du compte, si ça se trouve, sans m'en rendre compte, malgré mon insatisfaction perpétuelle, malgré cette sensation de ne jamais être complètement « à fond », à toujours me projeter au film suivant, à toujours me dire :

« Ton prochain rôle, tu le bosses vraiment, tu donnes le maximum », eh bien, si ça se trouve, au bout du compte, ce que je fais me ressemble vraiment, si ça se trouve c'est le maximum que je donne à chaque fois. Ma « carrière » est ce qu'elle est, mais elle me ressemble, que j'en sois content ou pas. Et rien que le fait de me dire ça, vous pouvez pas imaginer comme c'est libérateur. Mes rôles, ils sont ce qu'ils sont, c'est peut-être peu à l'échelle internationale, mais suffisant pour me donner moi-même l'impression que je ne m'enferme pas, que je suis libre et qu'en conséquence ma vie vaut la peine d'être vécue. Et ça, je trouve, c'est déjà beaucoup, voilà. C'est pas un beau happy end, ça ?

Minuit moins le quart me paraissait une heure parfaitement raisonnable pour prendre congé de personnes qui n'étaient pas des intimes et que je ne reverrais sans doute jamais. Sans compter que je sentais les traits de mon visage, désormais plus prompts à se défaire que lorsque j'avais vingt-cinq ans, commencer à accuser l'heure et l'alcool. J'avais envie de partir, mais pas de rentrer seul chez moi, où je savais que je ne m'endormirais pas tout de suite, tout en ayant la flemme de lire au lit ou d'enclencher un DVD dans le lecteur. Où, en revanche, je prendrais la peine de m'installer devant mon ordinateur pour tenter de revoir, sans trop souffrir, le sourire d'Elvira sur les photos de nos dernières vacances au Portugal.

Je repenserais tout particulièrement à ce petit matin de notre départ en bus pour Faro, avec nos sacs à dos cradingues par terre, lorsqu'elle attendait l'ouverture du guichet de la gare routière pour acheter les billets pendant que j'étais en quête d'une *pastelaria* dans le quartier pour notre petit déjeuner. Je repenserais à cette lumière d'aurore si limpide qui me faisait imaginer alors qu'entre nous ça ne se terminerait jamais, qu'elle était tout aussi émue que moi de voir la ville se réveiller dans ce ciel rosé, et tout aussi convaincue que moi que ce partage fluide des tâches (elle aux billets, moi au petit déjeuner) préfigurait tout naturellement une vie de couple prochaine, solide et durable.

Qu'est-ce qu'il me fallait donc faire? Pleurer Elvira pour la énième fois? Ou bien me convaincre coûte que coûte que, puisqu'elle n'était pas restée en dépit de moments aussi forts entre nous, puisqu'elle ne les avait pas vécus aussi intensément que moi, ces moments-là, puisqu'elle ne les avait pas compris, ces moments qu'on ne pouvait pas balayer comme ça, d'un simple caprice du cœur ou de l'esprit, si tout cela n'avait pas suffi à la faire rester, eh bien c'est qu'elle n'en valait finalement pas la peine?

Bref, pour ne pas choper le bourdon, j'ai à nouveau envisagé sérieusement la possibilité de ramener Fanny ou Leslie chez moi. On était tous dans le salon, on ne se disait plus grand-chose, ils tétaient leurs interminables clopes en silence et j'ai lancé : « Bon ben, je crois que je vais y aller », je me suis levé, j'ai ajouté : « Je vais appeler un taxi », j'ai appelé depuis mon portable puis, une fois le taxi commandé, me fichant bien de ce qu'elle penserait de moi, je me suis rapproché de Fanny ou Leslie, je me suis penché vers elle et je lui ai glissé, suffisamment bas : « Si tu comptais partir aussi et que tu veux profiter de mon taxi pour rentrer chez toi, pas de problème, je peux lui demander de faire un détour, c'est comme tu veux. »

Elle a hésité une seconde, se demandant sans doute comment interpréter ma proposition. Puis elle a dû se dire qu'une occasion pareille, proposition ou pas, ça ne se ratait pas, elle a dû penser que ce n'était pas demain la veille qu'un Antoine Mac Pola lui ferait à nouveau des avances, et elle m'a dit : « Euh, d'accord, c'est gentil, je veux bien, merci. Je vais chercher mes affaires et puis j'arrive. »

Comme à chaque fois que je pressens que je vais étreindre une inconnue nue à brève échéance, j'ai ressenti un léger frisson d'excitation et d'appréhension mêlées, auquel s'ajoutait désormais l'obsession d'être à la hauteur de l'idée qu'une fille pouvait se faire des performances amoureuses d'un comédien un peu célèbre. Fanny ou Leslie s'est levée à son tour pendant que je saluais les autres, qui, s'ils n'en pensaient certainement pas moins, ont eu la finesse de ne pas commenter ce départ simultané. J'ai également apprécié que Mélikian m'annonce que le proviseur de son lycée avait suggéré de me rembourser la course aller-retour du taxi pour mon intervention du lendemain matin, que j'avais d'ailleurs fini par oublier et qu'on avait à peine évoquée ensemble. « On n'en a pas vraiment parlé, mais, avec ta verve et ta façon de prendre les choses à cœur, je ne me fais pas de souci », a-t-il souri avec une malice qui disait, en revanche, sa réserve quant au contenu proprement dit de mes remarques à table. Puis, toujours sur le même ton badin, mais teinté d'inquiétude : « C'est à neuf heures trente précises : ça va, c'est pas trop tôt ? Tu as le nom et l'adresse du lycée, c'est bon ? » « T'inquiète, je serai à l'heure », j'ai tenté de le rassurer en réalisant que tout cela me forcerait à me réveiller à sept heures au bas mot, soit une nuit foutue de plus, j'imaginais déjà mes cernes, cette fatigue tout aussi physique que nerveuse qui me donne un air antipathique, qui me fait involontairement froncer les sourcils et plisser des yeux comme sous un soleil entêtant, et qu'on n'encaisse plus à mon âge comme on l'encaisse à vingt-cinq ans, comme l'alcool.

Fanny ou Leslie vivait dans le XVIIIe arrondissement, et c'est son adresse qu'on a d'abord indiquée au chauffeur, comme prévu. J'aimais, de nuit tout particulièrement, ce grondement étouffé et cossu des pneus des taxis filant sur le pavé parisien. Nous étions confortablement assis côte à côte dans la pénombre, à l'arrière, les feux et les néons des boulevards s'étirant comme des flèches incandescentes sur le pare-brise, épousant le profil disgracieux de Fanny ou Leslie. Elle me parlait, elle me soûlait de paroles sans doute pour surmonter son trac, elle me parlait et je ne l'écoutais pas. Je pensais à Elvira, je me disais :

« Mais qu'est-ce qui m'a tant scotché chez elle ? Qu'est-ce qui m'a tellement scotché que je n'arrive toujours pas à l'oublier, et que tout finisse par me ramener à elle : une route de nuit, une route le jour, la ville, la campagne, la mer, la brume, le soleil, l'hiver et l'été, une chanson, un film ? C'est parce qu'elle était exceptionnellement belle ? Belle dès le matin au réveil, belle sous tous les angles, belle d'une beauté dont je pensais que je ne me lasserais jamais ? C'est son visage qui me manque le plus ? C'est parce qu'elle était blonde ? C'est parce qu'elle était espagnole et qu'à travers elle, à travers les chansons qu'on écoutait ensemble dans sa voiture, dans les rues de Barcelone, sur la route de Pineda, c'est tout Barcelone, c'est toute l'Espagne que j'ai aimée ? Et toute l'Espagne que j'ai perdue d'un seul coup quand elle m'a largué du jour au lendemain ? Et toute l'Espagne qui me revient encore dans la gueule chaque fois que j'entends parler espagnol, que j'entends les scores du Barça à la radio, que je vois le visage d'Antonio Banderas sur les jaquettes de DVD et que je me fais du mal à réécouter sur mon iPod les albums de Mala Rodriguez, de Bebe, d'Amaral, d'Ojos de Brujo et de Macaco ? J'ai cristallisé sur elle jusqu'à la démesure des chansons, une ville, un pays tout entier, un été, un soleil de vacances perpétuelles : bien davantage qu'elle, c'est son contexte qui m'aura fait tant rêver, qui m'aura fait l'idéaliser à ce point ? C'est la force des souvenirs ? C'est parce qu'elle ne parlait pas français, qu'elle vivait à Barcelone, et que tous les gens qu'elle m'a présentés : ses amis, ses parents, ne parlaient pas français non plus ? C'est parce que tout me semble tellement plus intense, plus beau, plus intelligent et plus infini lorsqu'on le vit ailleurs, dans une langue étrangère ? C'est parce que je suis un rêveur-né, c'est parce que j'ai trop d'imagination que je suis à ce point tombé amoureux d'elle et que je me remets aussi mal de cette rupture ? »

Je pensais :

« En me quittant, elle n'a pas réalisé ce qu'elle a perdu, elle n'en trouvera pas un autre comme moi, un jour elle s'en mordra les doigts. »

Je pensais :

« Elle le regrettera, son caprice. Elle n'en trouvera pas un autre qui soit amoureux d'elle comme moi je l'ai été, qui la baise, qui l'écoute, qui la comprenne, qui la conseille et qui la supporte comme moi je l'ai baisée, écoutée, comprise, conseillée et supportée. Ça, elle le réalisera un jour, bientôt, mais pas tout de suite non plus, elle est encore trop jeune pour se rendre compte, et trop espagnole pour comprendre qu'en France, je suis quelqu'un, et qu'elle aura perdu ça aussi : mon job, ma célébrité, les plateaux, les caméras, les magazines, le glamour : c'est quand même pas rien, non ? »

Je pensais :

« Mais qu'est-ce qui lui a pris, merde ! On était si proches, on a vécu tellement de moments forts ensemble, on se disait tellement tout ! Elle m'avait donné si simplement l'impression de partager son intimité pour toujours : comment a-t-elle pu tout reprendre d'un coup si brutalement ? Elle m'avait présenté tous les gens de son boulot, son patron, elle m'avait présenté à sa grand-mère et à tous les commerçants de son quartier, elle m'avait laissé en permanence un double des clefs de chez elle, on se lavait les dents avec la même brosse, elle m'avait donné le code de sa Mastercard pour que j'aille lui retirer de l'argent, elle m'avait gravé un CD-Rom avec des photos d'elle bébé, elle m'avait montré ses carnets intimes d'adolescente et elle m'emmenait dans la maison de vacances de son enfance. Je partageais ses doutes, ses coups de blues, ses angoisses, ses problèmes de boulot : comment est-ce qu'elle a pu, du jour au lendemain, me reprendre tout ça, faire une croix dessus, redevenir à ce point une étrangère, avec tout ce qu'on a vécu et tout ce qu'on s'est dit tous les deux, jusqu'à l'évocation d'un bébé ensemble ? »

Je pensais :

« Dans les bras de quel petit DJ fumeur de shit looké de son âge elle se trouve à l'heure qu'il est ? De quel musicos raté qui ne sait pas la caresser, éjacule au bout d'une minute et s'endort essoufflé en lui tournant le dos ? »

Je pensais :

« C'est quand, qu'elle va finir par m'envoyer un mail ou un SMS avec marqué dessus, dans son anglais bourré d'hispanismes : "Antoine, je te demande pardon, j'ai fait une connerie en te quittant, je veux revenir avec toi, les mecs de mon âge sont des petits cons égoïstes et immatures, personne depuis notre séparation ne m'a baisée, ne s'est occupé de moi, ne m'a fait rire et ne m'a parlé comme toi tu le faisais" ? »

Je pensais à Elvira, Fanny ou Leslie parlait, parlait, je faisais oui oui de la tête pour rester poli, je l'ai regardée sans la trouver attirante, j'ai pensé : « J'aurais pu trouver une fille beaucoup plus jolie mais, ce soir, c'est comme ça », j'ai regardé ses cheveux décolorés trop fins, la tension excessive que son nez proéminent exerçait sur sa lèvre supérieure, j'ai regardé ce profil tellement français, immémorialement français, ce visage de Moyen Âge français et sans doute plus ancien encore, je me suis dit qu'elle devait probablement ressembler à son papa, je me suis penché vers elle et je l'ai embrassée comme un refuge provisoire, parce qu'en l'embrassant j'oubliais Elvira, je goûtais ses lèvres et sa salive chaude, et ça m'électrisait malgré tout, parce que j'aimais embrasser une nouvelle bouche de femme, même avec des lèvres trop dures et une mâchoire en fer à cheval à l'intérieur.

— Tu t'en fous, de ce que je te dis ? elle m'a reproché, mi-mégère, mi-plaisantine, lorsque je suis revenu à ma position initiale sur la banquette.

— Oui, j'ai souri en retour le plus chaleureusement possible. Ça ne te dérange pas si on va chez toi ?

Regrettant vaguement mon ton un peu trop cavalier, j'ai ajouté :

— Excuse-moi si je te choque, je suis un peu fatigué, je préfère être direct. Ne le prends pas mal, n'y vois aucune marque de déconsidération à ton égard. D'ailleurs, si ça ne te convient pas, aucun problème, je te dépose et je rentre chez moi.

J'ai eu, ainsi, la sensation désagréable de faire l'amour, puis de m'endormir avec une fille que la situation perturbait bien davantage qu'elle ne voulait se l'avouer à elle-même, et qui se contraignait à paraître légère pour ne pas passer pour une idiote à mes yeux. Sur le coup de six heures et demie du matin, le réveil de mon téléphone a sonné, je me suis levé du lit et rhabillé en vitesse, dans l'obscurité de cette chambre dont je ne savais rien, avec pour seul objectif de repasser chez moi prendre une douche et enfiler des vêtements propres avant le lycée de Mélikian. Constatant que Fanny ou Leslie était également réveillée, je me suis rapproché du lit et je lui ai caressé les cheveux d'une main qui se forçait un peu, plus amicale qu'amoureuse, tout en lui murmurant : « Bon, j'y vais, désolé que tu sois réveillée aussi, merci pour tout, bonne chance, rendors-toi, je claque la porte derrière moi et je file. »

Dans son mi-sommeil, mais toujours sur ce ton de reproche en suspens, elle m'a demandé : « On peut s'échanger au moins nos numéros de téléphone ? » J'ai répondu franchement : « Écoute,

Fanny, franchement non, je ne pense pas que ce soit nécessaire. N'y vois rien de personnel, mais je crois qu'il faut qu'on s'en tienne là. On s'est fait du bien l'un et l'autre et voilà, c'est très bien comme ça, je trouve. » Elle m'a dit : « Je ne m'appelle pas Fanny. Pourquoi tu m'appelles Fanny ? » J'ai rectifié : « Oh, pardon. Euh, Leslie, c'est ça ? » Elle s'est agacée : « Non, ni Leslie. Nelly. » « Je suis désolé », j'ai conclu tout en finissant de lacer mes chaussures.

Elle s'est redressée dans le lit, elle a remonté les draps pour se couvrir les seins, et m'a fixé en silence. Puis, elle a eu cette dernière phrase : « N'y vois rien de personnel, comme tu dis si bien, je ne suis pas raciste, loin de là. Mais j'ai déjà eu des copains black, ou métis comme toi. Et, à chaque fois, je ne sais pas pourquoi, mais vous n'y mettez pas les formes. C'est culturel ou quoi ? »

Je n'avais pas remis les pieds dans un lycée depuis mon bac et, si j'ai pensé qu'à seize ans d'intervalle un lycée de banlieue restait un lycée de banlieue, avec son enseigne, ses grilles, ses murs, sa cour, ses installations normées, son quota de verdure, ses horaires, ses surveillants, ses profs et ses salles de classe, j'ai eu l'impression que les élèves, eux, avaient considérablement évolué. Ou plutôt, s'ils n'avaient pas tant changé que ça au fond, si un adolescent restait par principe un adolescent, avec sa dégaine, sa musique, sa naïveté et ses transgressions caractéristiques d'adolescent, c'est leur jeunesse à tous qui me paraissait accuser mon retard à moi.

J'ai franchi les grilles d'entrée du lycée, j'ai aperçu les groupes d'ados : les sans style, les rappeurs à capuche et survêt, les filles, les minets avec leurs jeans délavés par zébrures, leurs baskets fines, leurs coupes de cheveux pleines de gel crêtées à la Beckham, leurs t-shirts moulants et leurs sacs à dos, et je me suis dit aussitôt :

« Ils regardent “La Nouvelle star” à la télé, ils regardent les séries, ils regardent les pubs et les clips de gangsta rap ou de R’n’B, ils ont tous des téléphones portables, ils lisent des mangas, ils parlent avec des expressions que je ne connais pas, ils écoutent sur leur MP3 ou leur PSP des groupes dont je ne connais même pas le nom, ils s’envoient entre eux des SMS et des MMS, ils chattent sur MSN, ils ont leur page *myspace*, ils sont quasi nés avec internet, internet pour eux c’est normal, c’est pas une révolution technologique comme pour les types de ma génération. Ceux d’entre eux qui ont un ordinateur dans leur chambre le connectent à eMule et le laissent allumé vingt-quatre heures sur vingt-quatre pour télécharger des films et des disques, ils remplissent la mémoire vive de leur PC de CD et de DVD piratés sur le net. Les CD et les DVD, ils n’en n’achètent jamais, de toute façon, c’est des trucs pour les mecs de ma génération, ça, comme la télé. La musique que j’écoutais à leur âge les ferait marrer, comme les fringues que je portais à leur âge, comme les expressions que j’utilisais à leur âge, même le mot *marrer* les ferait marrer. Même la sexualité, les films pornos, tout ça, ça ne les met plus dans tous leurs états. Ils se disent : “Je t’aime”, “Toi et moi c’est à la vie à la mort” et “Tu as détruit mon cœur” au premier degré, comme dans les tubes cheap. Ils rêvent d’avoir un look, de devenir célèbres, de devenir des “stars”, comme on dit de Patxi ou de Sébastien Follin qu’ils sont des “stars”, ils rêvent de prendre en gros plan sur les plateaux de télé des mines de grosse émotion, de dire à vingt ans des phrases comme “*C’est le plus beau jour de ma vie, toute ma vie j’ai attendu ce jour-là, j’vous kiffe trop tous, j’vous aime*”, comme de vraies stars inaccessibles qui se doivent néanmoins à leur public, et de s’effondrer en larmes avec la mèche de cheveux Toni & Guy qui tombe comme il faut, parce qu’ils sont tellement émotifs et “romantiques”. Ils se rêvent comme dans les clips de tous les descendants et descendantes de Céline Dion, voilà ce qu’ils veulent, ce sont de petites machines à émotions préfabriquées, voilà ce qu’ils sont. »

Je me suis dit :

« Pour moi, ce sont des Martiens, et pourtant ils me fascinent. Leur naïveté blasée, leur passivité exigeante, leur indifférence à tout cela : la culture à la papa et le reste, me fascine. C’est leur jeunesse qui me fascine, c’est le fait qu’ils ne s’émeuvent même pas d’avoir seize ans à l’ère du numérique, à l’ère de la fin de la vieille culture et du langage, à l’ère de Lord Kossity et de la “Star Ac”. Et, en cela, dans cette résignation tranquille à leur époque à la fois si matérialiste et si virtuelle, rien qu’en cela, ils sont mille fois plus contemporains qu’un mec comme moi, qui utilisait encore des cassettes à bandes magnétiques à leur âge, et se pose aujourd’hui tant de questions inutiles, qui ne peuvent plus intéresser que les vieux ou les bobos de ma génération. Car, le discours, la glose et l'analyse, *l'esprit*, voilà bien des trucs du passé, je le dis sans amertume. »

Je me suis dit :

« Je le dis peut-être sans amertume, mais je parle quand même comme un vieux con. Les mecs de ma génération se défendent bien de pouvoir devenir de vieux cons un jour, mais, rien à faire, comme eux, comme nos parents et nos grands-parents, je ne peux pas m'empêcher à mon tour de comparer, de juger, de déplorer. Et pourtant, juré, je ne les méprise pas, ces jeunes. Simplement, ils m'intriguent, ils me renvoient à moi-même, je m'interroge, j'ai besoin de comprendre. »

J'ai pensé :

« Le seul moyen de ne pas devenir un vieux con, c'est d'accepter son âge une fois pour toutes, c'est d'accepter de ne pas tout pouvoir comprendre, c'est d'accepter d'être largué, c'est d'accepter que les choses ne sont plus comme avant, et de ne surtout pas jouer à celui à qui on ne la fait pas, voilà. »

Je me suis avancé dans la cour, un peu mal à l'aise comme au temps de mon propre trac au lycée, en essayant de rester souple et d'éviter de me laisser intimider par tous ces regards qui, de toute façon, ne me prenaient plus pour l'un des leurs. J'entrapercevais leurs peaux tendues et leurs cheveux intacts et, pour me rassurer, je pensais : « Un jour, eux aussi ils seront démodés, nostalgiques et amers, eux aussi ils auront leurs premiers cheveux blancs. » J'ai pensé : « Et puis, il ne faut pas abuser non plus, il ne faut pas caricaturer, j'ai trop tendance à caricaturer. C'est aussi une question d'éducation, de milieu social, ces trucs-là, et ça l'a toujours été. De mon temps (“*De mon temps*” !), de mon temps, en fait, c'était exactement pareil, on regardait tous les séries japonaises à la télé et on parlait comme dans *Objectif Nul*. Ma génération, aux yeux de celle de mes parents, c'était celle des petits cons incultes gavés de télé. Celle de mes parents a incarné la chienlit aux yeux de celle de De Gaulle, laquelle a bien dû scandaliser à un moment ou à un autre les vieux croûtons de la IIIe République. Le langage et la culture, ça évolue, et c'est très bien comme ça. Ne perdure, au gré des époques, que ce qui vaut vraiment le coup. Et puis, au fond, en vingt ans, c'est juste les modèles de baskets, les coupes de jeans et la technologie qui ont changé. À poil, sans gel et sans électricité, on est tous les mêmes, basta. »

Mélikian m'attendait dans le hall et m'a aussitôt conduit à travers les couloirs. Il avait bien fait les choses, Mélikian. Aux endroits stratégiques, sur les portes vitrées et sur tous les panneaux d'information, il avait fait scotcher des photocopies A3 en couleur, sur lesquelles on pouvait voir l'affiche du film qu'il avait choisi de passer (*Collision*, de Paul Haggis), ainsi qu'une photo de moi pas trop mal accompagnée de la légende suivante : *Projection et débat en présence d'Antoine Mac Pola, comédien. Samedi 4 novembre, salle poly-*

valente, 9h30. Ouvert à tous. Et, de fait, j'ai rapidement noté une certaine agitation dans les couloirs : des rires étouffés et des contorsions chez les filles, et, chez les mecs, une curiosité placide mais intense. On me reconnaissait, on me prenait en photo au portable, on s'interpellait à mon sujet, on se poussait du coude, certains même m'emboîtaient le pas. Mais personne n'osait m'aborder.

— Tu es un peu l'événement de la semaine, m'a souri Mélikian, toujours très sport.

On a débarqué par une petite porte dans une salle bondée d'ados assis. À notre entrée, le brouhaha s'est aussitôt mué en une clameur légère, principalement féminine. Un ou deux brefs sifflets d'admiration, des rires, un ou deux petits cris hystériques, un *Comment il est trop beau ! On dirait Maxwell !* chuchoté quelque part. On s'est avancés, Mélikian et moi, au milieu de la salle, face à l'assemblée. Les stores avaient été baissés. Contre le mur, un écran avait été déroulé. Sur les côtés, deux enceintes portatives sur pied. Sur une table, un vidéoprojecteur, un ampli, ainsi qu'un lecteur de DVD.

On sentait chez Mélikian l'aplomb du type habitué à parader devant des classes entières, mais un rien altéré par ma présence. Moi, je me contentais de sourire le plus large possible, de me tenir cool mais droit, sans trop penser à mes mains. Tour à tour, je baissais les yeux et je promenais mon regard à la ronde sur l'assemblée, du style : *Je sais que je suis irrésistible, mais regardez comme je suis modeste.* Si pleine de monde, cette pièce paraissait le double de sa superficie. Je sentais la chaleur, l'énergie, le magnétisme de tous ces corps et de tous ces visages tendus exclusivement vers moi, et j'ai pensé à cette adrénaline que les gens de scène disent ressentir en présence du public. Mon âge ne m'indisposait plus, ni mon look de mon âge, avec ma chemise blanche et mon col V en cachemire. Je me sentais tout simplement dans la peau d'un aîné respecté, voire admiré. J'ai pensé : « C'est fou : moi que les filles de dix-sept, dix-huit ans ne regardent plus dans la rue, il suffit qu'elles aient vu ma photo sur une affiche, qu'on leur ait dit que je suis passé à la télé, pour qu'elles découvrent que je suis sexualisable. »

Sur le point de prendre la parole, Mélikian s'est tourné vers moi, ravi :

— Je peux te dire que c'est la première fois que j'ai autant de monde. D'habitude, le samedi... Là, on a même été obligé d'apporter des chaises supplémentaires pour les élèves des autres classes qui ont voulu venir aussi.

Puis il s'est mis face à la salle, a souhaité d'une voix forte et pédagogue la bienvenue à tout le monde, a rappelé le titre du film et m'a présenté en disant :

— Et je voudrais tout particulièrement remercier Antoine Mac Pola de bien avoir voulu participer à cette séance. Il va assister à la projection avec nous, et je crois qu'après, pour ceux que ça intéresse, on pourra échanger avec lui quelques remarques sur le film...

Il s'est à nouveau tourné vers moi, humble et touchant, du genre « Tu crois que c'est possible ? Je ne me suis pas un peu avancé, là ? Tu ne me trouves pas gonflé ? Ça ne te dérange vraiment pas, de rester ? ». J'en ai déduit que n'importe quel autre acteur un peu en vue n'aurait pas fait le déplacement, ou bien en faisant la gueule et des caprices. Moi, tout mon orgueil, précisément, je l'investissais dans ma disponibilité et ma bonne humeur. Je me suis dit, pas modeste : « Le vrai talent, c'est ça. »

J'ai donc souri de plus belle, je me suis avancé, j'ai remercié Mélikian et j'ai dit à la salle, fixant tour à tour le plus grand nombre possible de paires d'yeux, j'ai dit sans me la jouer, en trouvant le ton juste, que si j'étais ici aujourd'hui, c'est parce que Mélikian et moi avions été en classe ensemble il y a vingt ans, que ça me faisait bizarre de dire « Il y a vingt ans » parce que, lorsque je les voyais, là, devant moi, j'avais l'impression d'avoir eu leur âge hier et que j'étais à la fois ému et un peu intimidé de me retrouver là, aujourd'hui, que je n'avais pas l'habitude de parler en public, qu'il fallait donc qu'ils m'excusent si mon discours n'était pas très construit, mais que j'étais, très sincèrement, très heureux d'avoir été invité, que je regarderais le film en leur compagnie avec plaisir et que, surtout, surtout, ils n'hésitent pas, après le film, à me poser les questions qu'ils voulaient, même celles qui leur paraissaient a priori les plus embarrassantes ou les plus communes (je me suis dit : c'est bien de leur dire *a priori* et *communes*, parle-leur correctement, ils se sentiront mille fois plus respectés et te prendront cent fois moins pour un con si tu leur parles sans te la jouer *je parle comme vous*).

J'ai dit que j'étais là pour leur répondre, j'ai dit Ne soyez pas timides, j'ai dit que même si je n'étais pas Brad Pitt ou Samuel Jackson, loin de là (je me suis demandé une seconde s'ils savaient qui étaient Brad Pitt et Samuel Jackson, si je n'aurais pas mieux fait de dire plutôt Fabrice Éboué et Lorant Deutsch), je leur ai dit que même si je n'étais pas une « star », je serais heureux et flatté de leur parler de mon métier, alors que, surtout, ils n'hésitent pas à se lancer, qu'on était là pour passer ensemble un moment agréable, pas pour se prendre la tête (j'ai un peu regretté ce dérapage verbal démago, mais bon), voilà.

J'avais déjà vu *Collision* (*Crash* en anglais) au moment de sa sortie en salle, j'avais trouvé cela prétentieux et raté, voire grotesque, et je m'étais senti inhabituellement agacé par l'engouement général autour de ce truc, qui avait même remporté l'Oscar 2006 du Meilleur film. C'est l'un des rares films dont, certain du ratage et de la maladresse (que je n'hésitais pas d'ailleurs à démontrer dès que j'en avais l'occasion), c'est l'un des rares films donc que je m'employais toujours à descendre avec finesse et méthode, mais sans que personne finisse jamais par adopter mon avis, au prétexte notamment qu'il avait remporté trois

Oscar, et que les Oscar, c'est pas les César, c'est pas une plaisanterie, les Américains ne récompensent pas n'importe quoi en général, le cinéma de qualité, ils connaissent.

Je répondais : « C'est vrai, tout à fait d'accord avec toi, aux Oscar ils ne font pas n'importe quoi, entièrement d'accord. Mais là, je crois, sans vouloir la jouer parano, là je crois que c'est surévalué et que la récompense est purement politique. C'est un film faussement provocateur et, même, au fond, très consensuel. Ça a fait plaisir à tout le monde, aux États-Unis : ç'a été fait pour plaire aux Noirs, aux Blancs, aux Asiatiques et aux Latinos, c'était bon pour la situation sociale, c'était bon pour désamorcer un peu l'obsession post-11 septembre des Arabes et du terrorisme, etc. Parce que ça peut leur arriver aussi, aux Américains, de préférer le consensus au bon sens, faut pas croire, regarde l'affaire O. J. Simpson. »

Mon argument, en deux mots, c'était de dire que *Collision* était une sous-imitation de *Magnolia*, avec tous ces destins parallèles qui finissent par se croiser, ce dénouement autour d'un événement surnaturel, jusqu'à la chanson-morale de la fin.

Cette nouvelle séance ne m'avait pas fait changer d'avis. À la fin du film, après ces quelques secondes inévitables de flottement qui marquent le retour un peu gêné de tout le monde à la réalité, Mélikian a fait rallumer la lumière et a débranché son matériel dans un silence assez paradoxal. Car, indépendamment de la qualité du film (au demeurant excellent pour susciter un débat), je me disais que les élèves avaient forcément dû s'emmerder, qu'on ne pouvait plus, à dix-sept ans en 2006, rester concentré pendant plus de deux heures sur un film sérieux, bourré de dialogues, sans effets spéciaux, projeté dans l'obscurité sur grand écran. Qu'à dix-sept ans en 2006, on ne tolérait plus que les fenêtres d'extraits de clips et d'émissions diverses visionnés sur *You Tube* dans une mauvaise définition. J'étais partagé entre le sentiment qu'il était bon pour eux d'être confrontés à ce type de contrainte, et la honte, il faut le dire, d'être à leurs yeux moi-même associé à des valeurs obsolètes.

Rien dans leur attitude n'indiquait une quelconque émotion provoquée par le film, mais tous me regardaient, toujours avec l'espoir que ma présence les changerait de la routine du lycée. Mélikian a demandé si quelqu'un souhaitait réagir, et que le cas échéant il ou elle pense à se lever, que c'était plus poli.

Un Sénégalais (ou un Malien) a demandé la parole tout en ne me quittant pas des yeux :

— Excusez-moi, c'est juste pour savoir : vous venez d'où ?

— Ma mère est française, j'ai répondu. Elle est originaire de la région de Nice. Et mon père, il est des Concordines, je ne sais pas si vous voyez où c'est.

— Comme Willy, a poursuivi le type en désignant du pouce, sur sa droite, ledit Willy qui a baissé la tête.

— Ah tiens ! j'ai souri à son adresse : Comwé yo dowin' ti frè' ?

J'avais balancé ça comme on fait là-bas, en penchant un peu la tête en arrière et avec l'accent. Rires de complicité des Noirs et des Arabes dans la salle, sourires largués mais de bonne volonté des Blancs. J'espérais simplement que Willy n'allait pas m'embarquer sur le terrain du créole, que je maîtrisais beaucoup moins bien que je n'en donnais l'impression.

— Ouais, ça va, il m'a concédé avec une jolie pudeur, où pointait néanmoins la fierté de cette complicité inattendue.

Ça se décontractait. Ma simplicité et ma spontanéité faisaient mouche, ils avaient dans l'ensemble l'air vraiment contents d'être là. Mélikian en a profité pour demander ce qu'ils avaient pensé du film, s'ils l'avaient aimé, que surtout ils ne se privent pas s'ils avaient quelque chose à dire, qu'on était là pour ça.

— Moi, je trouve qu'il est raciste, ce film, s'est lancé un type qui me paraissait ivoirien ou béninois.

Ça me faisait plaisir que ce soit deux Noirs qui aient pris la parole en premier.

— Raciste ? s'est franchement étonné Mélikian. Comment ça, raciste ? Explique-toi, Kouamé.

Côte d'Ivoire.

— Je sais pas, moi, ils arrêtent pas de dire tout le temps : « Vous les Noirs, vous les Blancs, vous les Chinois », ils parlent que de ça, on dirait qu'ils ont rien d'autre à penser.

C'était bien vu. L'un des problèmes de ce film, c'est que 80 % des séquences et des dialogues du scénario étaient systématiquement organisés autour de confrontations interraciales ou de remarques racistes, c'en devenait indigeste.

— Mais c'est justement parce que c'est le thème du film, s'est défendu Mélikian, qui, à mon sens, dévoilait par cette intervention les limites de son sens critique.

Kouamé n'a pas insisté. Il a baissé les yeux tout en haussant les épaules, du style « C'est pas grave, laisse tomber, c'est toi le prof, de toute façon ».

Je n'ai pas pu m'empêcher d'intervenir :

— Je suis assez d'accord avec toi, Kouamé. C'est peut-être le thème du film mais, s'il est vrai que dans la vraie vie on parle tous de racisme et on a tous des préjugés les uns envers les autres, c'est pas pour autant notre principal sujet de conversation, comme ce film semble vouloir le montrer.

J'avais bien aimé mes « s'il est vrai que », « c'est pas pour autant » et « semble vouloir le montrer ». Hochement de tête reconnaissant de Kouamé, très légère moue de vexation de Mélikian, dont je découvrais avec bonheur qu'il pouvait aussi se tendre un peu, comme tout le monde.

Il a d'ailleurs ajouté :

— Et n'oublions pas que l'action du film se déroule aux États-Unis, pas en France. Peut-être que là-bas les choses se passent vraiment comme ça.

Ce n'était peut-être pas faux, mais personne n'ayant à ajouter quoi que ce soit sur le sujet, sa remarque est injustement tombée à l'eau.

Un Arabe a levé le doigt.

— Oui, Nassim, a dit Mélikian.

— J'suis d'accord, il est raciste, ce film. Pourquoi, comme par hasard, c'est un Arabe le méchant ? Pourquoi, comme par hasard, c'est lui le violent ?

— Parce qu'on vous connaît, vous êtes tous comme ça, les Rebeus, l'a coupé un autre Arabe avec une gouaille indescriptible.

Éclat de rire général. J'ai ri aussi, même si son intervention m'a rappelé cet Algérois qui, dans un micro-trottoir de RFI, réagissait au coup de boule de Zidane sur Materazzi, le lendemain de la finale de la Coupe du Monde. Il avait dit, plein d'admiration : « Zidane, c'est un vrai Algérien : il est fier et violent. » Et je me suis dit que oui, les Algériens aimaient bien la violence, qu'est-ce qu'il y avait de si terrible à le dire ? Tant qu'ils se le disaient entre eux, ou que les Noirs le disaient d'eux, ça passait sans problèmes. Pourquoi est-ce que si un Blanc s'y risquait, là, ça ne passait plus du tout ? Pourquoi est-ce qu'un Noir ou un Arabe disant « Sale Blanc », pourquoi est-ce qu'un Arabe disant « Sale Noir », ne pouvait pas être pris autant au sérieux qu'un Blanc disant « Sale Noir » ou « Sale Arabe » ? Était-ce admettre implicitement, chez les Noirs et les Arabes, que la parole du Blanc valait davantage que la leur ?

— C'est pas vrai qu'il est montré comme le méchant, a recadré Mélikian. D'accord, au début, il est assez agressif. Mais, à la fin, il se calme et on finit par le trouver sympathique et humain, comme les autres. L'une des leçons de ce film, d'ailleurs, c'est de nous montrer qu'il n'y a pas de bons ni de méchants, qu'on porte tous en nous autant de qualités que de défauts, quelle que soit notre race. Il me semble que c'est ça, la leçon du film, non ?

Il s'est mis à chercher à la ronde des regards approbateurs avec une modestie qui m'a touché. Ils avaient de la chance, ses élèves, d'avoir un prof sérieux, qui prenait son boulot au sérieux, qui se décarcassait pour eux et les respectait vraiment. Je me suis dit qu'il était vachement bien, Mélikian. Mais que m'avoir moi, là, aujourd'hui, en direct, face à eux, en chair et en os, pour les élèves, c'était incomparable.

— D'ailleurs, entre parenthèses, est-ce que quelqu'un a identifié la langue maternelle de ce personnage ? D'où il vient, d'après vous ?

Silence de la classe, du style « On n'en sait rien et on s'en fout ».

— C'est du perse. Il est iranien, il a dévoilé avec un petit plaisir qui ne concernait que lui.

Indifférence de la classe.

— Pendant qu'on y est, est-ce que quelqu'un

peut me dire dans quel autre grand pays que l'Iran le perse est langue officielle ?

Rien à faire, les élèves ne bougeaient pas.

— L'Afghanistan. Ça vous dit quelque chose, l'Afghanistan ?

Sur ce coup-là, je me suis quand même demandé quelle était la part d'ostentation chez Mélikian, s'il pensait ou non quelque chose comme : « Il y a plein d'Arabes parmi vous, il y en a plein qui se la jouent *Fier d'être arabe, je nique la France*, mais il y en a pas un qui soit foutu de savoir quelle langue on parle en Afghanistan. Et il faut que ce soit un Gaulois comme moi qui vous l'apprenne. »

Un ange est passé, puis Kouamé a levé à nouveau la main avec assurance, un peu crâneur, du genre « Je suis peut-être jeune, mais l'homme du débat, aujourd'hui, c'est moi » :

— Ça y est, je sais pourquoi j'ai dit ça tout à l'heure, à propos de racisme, tout ça. C'est que le... le... Comment on dit, déjà, celui qui fait le film ?

Mélikian m'a jeté un rapide coup d'œil préalable qui signifiait : « C'est toi le professionnel, mais c'est moi le prof. Alors, c'est moi qui réponds » :

— Le *réalisateur*. Ou le *metteur en scène*, si tu veux.

— Voilà. Le metteur en scène... Il est blanc, je parie.

— Oui, j'ai confirmé au quart de tour.

— Eh ben, en fait, moi, ce que je pense, c'est qu'il utilise les acteurs pour leur faire dire tout haut ce qu'il pense lui tout bas. Parce que ça, il n'oserait pas le dire en face, comme quoi les Renois ont tous des guns et pensent qu'à agresser les gens, comme quoi ils parlent toujours comme des cailleras, comme quoi les Arabes c'est tous des excités, comme quoi il y a que les Blancs qui sont pas des racailles.

Bien joué, Kouamé. Avec ses mots à lui et son instinct de jeune Africain qui sait bien depuis sa naissance que, Noirs et Blancs, c'est pas pareil, qu'il faut arrêter de lui raconter des salades idéalistes, avec sa sensibilité à lui, il avait envisagé un angle auquel un critique blanc bobo des *Cahiers du cinéma*, bien à l'aise dans sa couleur et dans son pays blanc, n'aurait pas forcément pensé.

— Et le personnage du policier ? a contesté Mélikian. C'est peut-être le pire personnage du film, et il est blanc, lui. Et la femme du sénateur, celle qui a peur des deux jeunes Noirs du début et qui pense que le serrurier latino va garder un double de ses clés pour revenir la cambrioler ? Elle est pas très sympathique, elle est bourrée de préjugés. Et elle est blanche aussi, non ?

Il me faisait un peu de peine, Mélikian, avec son côté seul contre tous, avec son côté gentil-vaillant-blanc authentique qui se retrouve insidieusement pris à partie par un ancien camarade de classe et ses propres élèves, au prétexte qu'il n'a pas la bonne couleur de peau. Je l'imaginais très bien penser des trucs comme : « On ne peut vraiment pas leur parler, aux Blacks. Dès qu'on touche au racisme, même quand on cherche à les défendre, même quand on est dans leur camp, ils deviennent complètement paranos, comme s'ils avaient le monopole du sujet. »

Il me faisait de la peine parce que, tout sincère qu'il était, il ne pouvait congénitalement pas comprendre qu'un Blanc ne sera jamais assez bien placé pour parler de racisme, quoi qu'on dise, si scandaleuse puisse paraître la formule. Ce que Kouamé cherchait confusément à exprimer, c'est qu'un type comme Paul Haggis, tout plein de bonne volonté qu'il était avec son film, à montrer des gentils Noirs et des méchants Blancs, et des méchants Noirs et des gentils Blancs pour ne surtout pas être accusé de manichéisme, c'est qu'un type comme ça, avec tous ses bons sentiments, ne troquerait pour rien au monde sa place de Blanc contre celle d'un Noir. Et que tout ce qu'il avait recherché en tournant son film, ce n'était pas tant dénoncer les préjugés, mais qu'on finisse par dire de lui, Blancs comme Noirs comme Jaunes : « Qu'est-ce qu'il est cool, ce Haggis. Qu'est-ce qu'il est cool, et surtout courageux, d'aborder un sujet aussi sensible avec un regard aussi juste et sans concession, aussi peu manichéen, et de renvoyer tout le monde à sa propre conscience. Voilà un homme sans couleur, voilà l'homme de demain. »

Ce qu'avait voulu exprimer Kouamé à sa façon,

en son nom et aussi en celui de tous les Noirs de cette classe et d'ailleurs, même de ceux qui ne réfléchissent pas à ces choses-là, ce qu'il avait cherché à dire, c'est qu'un Blanc qui dénonce aussi passionnément le racisme est nécessairement un Blanc qui, avant tout, se bat contre ses propres préjugés. Parce que si la société blanche moderne a fini par décréter qu'il était inacceptable et monstrueux de penser que l'homme blanc vaut davantage que l'homme noir, si le racisme est à ce point diabolisé dans la plupart des sociétés blanches aujourd'hui, c'est parce qu'elles n'ont jamais tout à fait cessé de penser que l'homme blanc vaut effectivement mieux que l'homme noir. C'est un combat contre lui-même que l'homme blanc mène en diabolisant le racisme, pas contre le racisme. Un peu comme dans *American History X*, le réalisateur exprime, sous couvert de critique des idées racistes des skinheads américains, sa propre opinion des Noirs en général. Comme les Allemands avec la mémoire de l'Holocauste, c'est pareil.

D'ailleurs, en France, ce que les Français blancs ne savent pas assez, c'est qu'un type comme Le Pen, tout au long de sa carrière politique, est passé davantage pour un monstre aux yeux des Français blancs pleins de bons sentiments que des immigrés noirs ou arabes. Le débat Le Pen, il était franco-français, il opposait des Français qui assumaient leurs préjugés à des Français qui, avant tout, ne supportaient pas l'idée d'être assimilés à ces Français-là. Les immigrés, dans les cortèges antiracisme, constitués de Français blancs en grande majorité, dans les cortèges les immigrés disaient : « À bas Le Pen ! » Mais ce n'était pas tant parce qu'ils étaient scandalisés par les idées de Le Pen que pour ne pas contrarier les Blancs qui leur avaient dit : « Venez défendre vos droits avec nous. » Les immigrés, Le Pen, ce n'était pas leur problème, ils avaient d'autres chats à fouetter. Le Pen, ils le comprenaient et le respectaient même beaucoup plus qu'on ne le pense, précisément parce que Le Pen n'avait pas l'hypocrisie de cacher ses préjugés. C'est pour ça qu'un type comme Dieudonné affiche pour lui une certaine sympathie : parce que, au fond, bien au-delà d'une haine classique, il est fasciné par sa franchise. Combien de fois, aux Concordines, j'ai entendu dire : « Comment les Français acceptent de voir autant d'étrangers dans leur pays ? » Les étrangers, le racisme, ils peuvent comprendre. Les étrangers, le racisme, ils savent que c'est naturel, que c'est constitutif de l'homme. Ils ne cherchent pas à s'en cacher pour faire leur petit business de bons sentiments, comme un Paul Haggis, dont on se demande finalement si, à force de prendre des gants, il les respecte tant que ça, les Noirs, les Latinos et les Chinois de son film.

J'ai repensé à *Casino Royale*, le dernier James Bond, qui ne s'embarrasse pas de tant de scrupules sur le sujet, loin de là, tout comme ne s'embarrassent d'aucun scrupule la plupart des films hollywoodiens récents, type *Blood Diamond*, *L'Interprète*, *Lord of War* ou encore *Sahara*, lorsqu'il s'agit de caricaturer l'Afrique et les Africains en mettant tout le monde, du Sénégal au Zimbabwe, dans le même sac, avec les mêmes visages, les mêmes costumes, la même morale, la même misère, la même corruption et le même soleil de plomb. Au début de *Casino Royale*, donc, Daniel Craig course un revendeur d'armes noir sur un chantier. Tout au long de la poursuite, le Noir bondit, saute, se faufile comme un félin de grues en filins, accomplissant d'incroyables exploits physiques : il utilise ses muscles et sa souplesse, attributs traditionnels du Noir. Quant à James Bond, il parvient à ne pas se laisser distancer qu'au prix de son opiniâtreté et d'une utilisation raisonnée des équipements du chantier. Le Noir court plus vite ? James Bond le rejoint en bulldozer. Le Noir monte à mains nues au sommet de la grue ? James Bond le rattrape en monte-charge électrique. Le Noir cherche des ouvertures ? James Bond, qui a intégré instinctivement la topologie du chantier, emprunte des raccourcis. Bref, l'agilité du corps contre celle de l'esprit, qui est l'apanage du Blanc. L'acteur ivoirien Isaach de Bankolé joue aussi dans le film. Il tient le rôle d'un guérillero ougandais pourri et sanguinaire. Coiffé d'un béret à la Che Guevara, il joue au flipper dans son QG de brousse moite et mal éclairé, et n'hésite pas à enrôler des enfants de dix ans dans son armée de pieds nickelés. Il porte un costard et une cravate dans les grandes occasions, mais ne se sent à l'aise dans le combat au corps à corps que muni de sa bonne vieille sagaie de primate en puissance.

J'ai pensé aussi à *Madagascar*, le dessin animé, où les personnages principaux : le lion, le zèbre, la girafe et je ne sais plus quel animal encore, s'échappent du zoo de New York où ils mènent une existence un peu routinière, et décident de partir découvrir l'Afrique, à la recherche de sensations sauvages, originelles. Ils débarquent par hasard à Madagascar, peuplée de lémuriens écervelés qui vouent un culte à leur monarque bouffon et ne pensent qu'à faire la fête. Il serait tentant de rester pour profiter des plages et de la savane, mais leurs racines ne leur correspondent plus, rien ne vaut New York et la civilisation. Alors, ils décident de rentrer. C'est peut-être un peu tiré par les cheveux, mais on pourrait remplacer le zèbre, le lion et la girafe par des Afro-Américains décidant de retourner en Afrique, comme beaucoup l'ont tenté avec le Ghana ou le Nigeria dans les années 1970, avant de renoncer et de se résigner à rentrer aux États-Unis.

Voilà. Je ne savais pas si Kouamé avait vu le dernier James Bond, ni s'il avait donné à *Madagascar* l'interprétation que j'en avais eue, moi. Mais c'est un peu tout ça, j'en suis sûr, qu'il avait voulu dire, sous ses faux airs de *J'm'en bats d'vos films de profs.*

Coopté par Claude, mon agent, j'avais payé 4 000 euros mon abonnement annuel au Health Club du Röttinger. C'est l'une des raisons pour lesquelles je me sentais un peu coupable de ne pas y aller plus souvent. Au moment de l'inscription, j'étais tellement content de pouvoir m'offrir ce caprice, j'étais tellement persuadé que ça me rendrait ma vie à Paris plus douce et plus fluide, que je n'avais pas envisagé sérieusement que le simple fait d'avoir à prendre chaque fois le métro pour m'y rendre me découragerait. J'avais pensé : « J'irai tous les jours ou tous les deux jours, au minimum un jour sur trois, je prendrai mon vélo, j'irai en joggant. Et puis, sept stations de métro, ce n'est pas mortel », etc. Mais, au bout de trois fois, j'ai fini par préférer rester chez moi le matin, ni douché ni coiffé, en slip et vieux t-shirt, à m'exercer sur mon banc Weider à 150 euros, avec mon salon pour décor et France Info en fond sonore.

Là, avec l'audition à quinze heures, je n'ai pas

eu à me forcer, le besoin de me vider complètement la tête a pris le pas sur tout le reste : sur ma nuit agitée, sur mon réveil difficile, sur le mauvais temps dehors, sur mon sac de sport à préparer et les sept stations de métro. Je suis donc arrivé devant le Röttinger vers dix heures et demie, dans l'idée que je n'en ressortirais pas avant quatorze heures trente, où, enfin détendu, je prendrais calmement un taxi pour les bureaux de SlimFilmS, avenue Kléber.

Chaque fois que je m'engageais dans la porte tournante de l'hôtel, que je passais devant les vigiles, chasseurs et autres réceptionnistes, que j'empruntais les longs corridors tout en tapis kilims, lustres et bouquets de lys frais qui menaient au fitness, je m'efforçais de ne pas marcher trop vite, ni de trop lever la tête, afin de ne pas trahir ma fascination pour tout ce luxe. J'enviais les clients jet-setters que je croisais, ces Américains, ces Brésiliens, ces Qataris quinquagénaires en blazers et mocassins Tod's qui entretenaient un rapport naturel aux palaces internationaux, et à l'argent en général, sans se soucier à chacune de leurs folies de l'état de leur carte bancaire. Moi, mon abonnement au Health Club du Röttinger, mes bottines Paul Smith *York* à 380 euros, mon écran plasma Samsung 104 cm à 2 200 euros, mon iPod de 80 Go à 435 euros, mon canapé Conran *Aspen* à 2 800 euros, les DVD que j'achetais par piles de douze à la FNAC, les restos, les taxis et les gadgets en tout genre, tout ça, je savais bien que c'était du provisoire, de l'esbroufe, un mirage. Alors, pour dissiper l'angoisse et la culpabilité que je sentais monter lorsque je prenais conscience de mes dépenses aberrantes, je me disais : « Et pourquoi pas, des dépenses insensées ? La vie est courte, et surtout la jeunesse. Et puis, tu es acteur, ça vaut bien toutes les cartes Platinum de ces businessmen bedonnants anonymes, tu y as au moins autant droit qu'eux, au luxe. »

En tout cas, ce qui était indéniable, c'était le regard des hôtesses d'accueil du club, qui se disaient qu'avec mon âge pas trop avancé ma belle gueule et mon mini afro, dans un lieu pareil, je devais être quelqu'un de connu, mais qui ? Mon nom inscrit sur ma carte de membre ne leur disait pas grand-chose, mais je sentais qu'elles étaient sûres de m'avoir déjà vu à la télé. Qu'est-ce que ça pouvait bien être, un Black friqué ? Un chanteur ? Un sportif ?

Avant de gagner le vestiaire, j'ai pris rendez-vous à treize heures pour une séance de shiatsu à 90 euros. Stimulé par mon iPod, qui prévoyait en playlist Pharrell, The Black Eyed Peas, Outkast et la B.O. d'*Opération Dragon* composée par Lalo Schifrin, j'ai enchaîné 45 minutes de cardio à 14 km/h, 8 séries de 15 développés-couchés à 40 kg, puis 6 séries de 15 tractions à 14 kg pour chaque bras, 5 nouvelles séries de 12 en développé-incliné pour les deltoïdes, 250 abdos avec, puis sans trainer. Mes muscles tout gonflés, j'ai ensuite gagné la piscine d'eau salée vert émeraude, où j'ai accompli vingt longueurs d'un crawl lent et réparateur dans le faisceau tamisé du projecteur waterproof du bassin. Ensuite, quinze minutes au hammam, ma première douche glacée, et mon peignoir éponge brodé aux chiffres du Röttinger : il était presque treize heures.

La fille du shiatsu n'était pas particulièrement jolie. Pourtant, la fraîcheur de la salle de massage, sa pénombre parfaite, l'huile essentielle d'eucalyptus diffusée par le brûleur massif en inox, le silence complet de la pièce que venaient approfondir les vibrations d'un imperceptible gong qui me faisait penser à la fonte au ralenti des masses cireuses dans les lampes à bulles, mon corps ferme en caleçon sous les doigts assidus et sans visage de cette fille dont j'entendais la respiration douce et régulière quelque part au-dessus de mes paupières closes, l'odeur d'assouplissant propre de sa blouse de coton : tout cela finissait par convoquer d'intenses sensations érotiques, et je crois bien que, si elle avait insisté à peine quelques secondes de plus sur l'intérieur de mes cuisses, à proximité de mes testicules, je n'aurais pas hésité à lui confirmer que je bandais.

En apercevant pour la première fois Aliénor Champlain, j'ai tout de suite pensé que son expressivité à l'écran n'était rien en comparaison de la puissance qu'elle dégageait au naturel, et j'en ai conclu bêtement qu'être une actrice, une vraie, ce n'était effectivement pas donné à n'importe qui. Ou, plus précisément, j'ai compris que, sur un écran de cinéma, dans un rôle bien déterminé, un très bon acteur reste paradoxalement plus accessible à son public qu'en chair et en os. Parce qu'en chair et en os, une actrice de la trempe d'Aliénor Champlain, c'est une énigme insoluble.

Dans la pièce, il y avait Claude, le réalisateur Nicolas Larrera, quelqu'un de la production et puis aussi Maud Sitbon, l'agente d'Aliénor Champlain, qui, comme Aliénor Champlain par rapport à moi, paraissait jouer dans une tout autre cour que Claude, avec son air rodé aux transactions haut de gamme. Malgré l'inévitable sentiment de déconnexion du réel et des « vraies gens » qu'inspirent les célébrités, Aliénor Champlain me paraissait avoir gardé intacte son approche animale des individus, quels qu'ils soient. J'ai eu ainsi l'impression, au moment des présentations, qu'elle me regardait avec une réelle curiosité, même si je savais parfaitement que la couleur de ma peau devait aussi être pour beaucoup dans ce petit supplément d'intérêt qu'elle me portait, car, même chez les célébrités, la mauvaise conscience du Blanc rend plus ouvert et plus clément à l'égard des types comme moi.

Pourtant, rien de généreux chez elle, rien d'une volonté de paraître sympathique à tout prix afin de correspondre à l'image de belle simplicité qu'on peut se faire d'une grande comédienne. Distante et absente, certes, l'air d'avoir mille choses plus essentielles à faire que de me rencontrer, mais plus inquiète que séductrice je dirais, et ce léger effarement dans les yeux qui me rappelait un peu Isabelle Adjani dans le temps, même s'il n'y avait entre elles aucune analogie physique possible. Je la regardais en me disant : « Mais quelle sorte de mec peut avoir accès à une fille comme ça ? » Et, nécessairement, je ne pouvais m'empêcher de me figurer Matt Damon la pénétrant. Et qu'ainsi, elle incarnait un peu Hollywood, elle aussi. Et qu'en conséquence, avec notre rendez-vous pour l'audition, là, tous les deux, j'en avais un petit bout moi aussi, de Hollywood.

On s'est tous retrouvés assis dans deux canapés disposés face à face, moi et Claude d'un côté, les autres de l'autre, Aliénor Champlain, force tranquille, au centre mais légèrement en retrait. Larrera est immédiatement entré dans le vif du sujet en me demandant ce que j'avais pensé des scènes qu'il m'avait donné à lire et à préparer. Ces scènes, très honnêtement, il m'avait été difficile d'en penser quoi que ce soit, la boîte de prod ayant refusé de communiquer à Claude le scénario complet du film, sous de fumeux prétextes de copyright. En fait de réponse, j'ai bluffé, au risque de paraître contradictoire.

Je l'ai prévenu que, comme je n'étais pas un acteur complètement blanc, je n'avais pas le choix, qu'il me fallait remettre sur le tapis le sujet de la couleur, et que je m'en excusais par avance. Et que je tenais, précisément, à lui exprimer toute ma reconnaissance d'avoir pensé à moi pour un rôle qui, manifestement, pouvait tout aussi bien être tenu par un Blanc, par n'importe qui, que c'était, je crois, la première fois qu'il m'était donné de lire des séquences où le personnage, où la *personne* l'emportait sur l'alibi couleur, sur l'alibi Black. Bien sûr, je n'avais pas pris connaissance de l'ensemble du scénario, le personnage de Bruno restait un peu vague pour moi, j'avais trop peu d'éléments à disposition, je ne savais même pas ce qu'on attendait de moi, quelle serait ma place éventuelle dans ce film, mais j'appréciais ces scènes où le « Black » n'était ni un videur de boîte de nuit, ni un dealer, ni un bon pote rasta fêtard un peu loser, ni un étalon qui vient colmater la misère sexuelle d'une Blanche, ni un adjoint ambitieux de commissaire de police pour faire comme les Américains, et qu'à ce titre, à tous ces titres, cela me paraissait important pour le cinéma français contemporain, qui — ce n'est pas une critique —, qui ne s'est jamais vraiment préoccupé de savoir comment on pensait ailleurs que dans un esprit franco-français, tout comme d'ailleurs le cinéma burkinabé ou marocain, ou de n'importe quel autre pays, ne se préoccupent pas forcément de savoir comment on pense ailleurs que dans un esprit burkinabé ou marocain, que cette indifférence, ou plutôt cette ignorance, me paraissait dans tous les cas très légitime, très humaine, qu'on ne pouvait pas non plus demander aux gens de se mettre à la place des autres, qu'il était normal que dans des films faits en France, faits par des Franco-Français pour des Franco-Français, il était normal que les Blacks, lorsqu'on voulait bien penser à eux, jouent avant toute chose des rôles de « Blacks », sans nuances, comme Aïssa Maïga chez les filles joue toujours le même rôle de jolie Black « intégrée », que rien pour un Blanc ne justifiait de choisir un acteur noir si ce n'était pas pour jouer un rôle spécifiquement « black » selon la vision qu'il avait des « Blacks » en général, que c'était pour cette raison qu'il ne fallait pas se plaindre de ne pas voir assez d'acteurs noirs au cinéma, que cela paraissait certes aberrant vu le nombre de Noirs qu'il y avait en France dans la rue et dans le métro, mais qu'on ne pouvait pas non plus reprocher aux metteurs en scène blancs de ne pas s'y intéresser de plus près : si les Noirs voulaient des films avec des Noirs, ils n'avaient qu'à les produire et les réaliser eux-mêmes. Chacun avait le nez dans son propre petit guidon et c'était précisément pour toutes ces raisons, pardonnez-moi cette longue digression, je suis trop bavard, c'était précisément pour toutes ces raisons que son Bruno, à Larrera, eh bien il me semblait intéressant et surtout novateur, parce que rien dans les scènes qu'il m'avait donné à préparer ne renvoyait à sa couleur ou à ses origines, que ce Bruno était, si je puis dire, « gratuitement coloré », mais je me trompe peut-être.

Je sentais bien que personne ne s'était attendu à me voir employer des mots comme « alibi », « colmater » ou « légitime », ni à ce que je livre en quelques phrases une synthèse engagée et convaincante de la place du Noir dans le cinéma français, voire quelque chose de plus juste encore sur le cinéma et les difficultés de l'interculturalité en général.

(Pendant que j'y étais, j'avais envie d'évoquer les films de Claire Denis et d'Alejandro González Iñárritu, les pièces de Koltès, leur véritable volonté, à tous les trois, de comprendre au-delà des stéréotypes, leur véritable intérêt pour les autres et leur authentique sens de l'observation. J'avais envie de parler des Noirs chez Tarantino ou chez les frères Coen, j'avais envie de parler des Blancs chez Spike Lee, notamment d'Edward

Norton dans *La 25e Heure*, ce que Spike Lee a mis de noir et a perçu de blanc chez lui, j'avais envie de parler de l'image des Blancs dans les films de Blaxploitation, et puis aussi des avocats blancs vus par Abderrahmane Sissako dans *Bamako*. Mais ce n'était pas le moment, j'allais finir par vexer Larrera. Et puis, une fois de plus, j'avais déjà suffisamment parlé, hors sujet qui plus est.)

Larrera hochait pensivement la tête. Je sentais deux choses : d'abord, qu'il n'aimait pas trop se faire voler intellectuellement la vedette par un simple comédien. Ensuite, qu'il pensait, sans oser me l'avouer, que je me faisais pas mal d'illusions sur son personnage de Bruno. Parce que, tout cela, Larrera, il n'y avait pas pensé une seconde et que ce n'était pas son problème de toute façon, même s'il avait bien noté qu'il y avait quelque chose d'essentiel dans mon analyse. J'en ai profité pour vérifier l'effet de ma tirade sur Aliénor Champlain. Elle ne livrait rien, mais je lisais une ébauche de sourire séduit dans ses yeux, lesquels croisaient désormais les miens par à-coups toujours distants, mais plus fréquents et plus prolongés. Claude, lui, affichait, à l'intention de Maud Sitbon tout particulièrement, un air qui signifiait quelque chose comme : « T'as peut-être Aliénor Champlain, mais lui, c'est moi qui l'ai trouvé : il a l'air bien, non ? Bon, c'est sûr, il est black. Mais black au cinéma, c'est une valeur d'avenir, non ? »

— En tout cas, j'ai ajouté pour courtiser Larrera (et aussi un peu par provocation), ça m'a donné très envie de lire le reste du scénario.

— Oui, s'est défendu Larrera, visiblement embarrassé, si on vous a pas fait passer l'intégralité du scénario, c'est parce qu'il reste des scènes à modifier.

Claude s'apprêtait à réitérer d'inutiles protestations sur le sujet, quand Aliénor Champlain s'est levée et a suggéré qu'on fasse les essais rapidement, qu'elle n'allait pas y passer l'après-midi. C'est idiot, mais, après ses œillades que je commençais à prendre pour argent comptant, sa phrase m'est apparue comme un désaveu brutal. Larrera, Maud Sitbon, Claude et moi, on s'est retrouvés tout bêtes dans le canapé, à nous adresser les uns les autres des sourires conjuratoires, dans la vague attente que l'un d'entre nous désamorce cette légère humiliation.

C'est sans doute parce que je lui en voulais un peu, et parce que je me cherchais de bonnes raisons de ne pas m'abaisser à me battre pour ce film que, lorsqu'on a commencé notre lecture sous l'œil de la caméra DV de Larrera, je me suis senti complètement désinhibé face à Aliénor Champlain. À son impressionnante faculté à se métamorphoser d'une seconde à l'autre pour rentrer dans le rôle, j'ai répondu par un authentique détachement. Les mots coulaient tout seuls, mais déchargés de leur tonalité initiale trop convenue. Je me sentais fluide, léger, agile, je crois que je devais donner l'impression de me prêter au texte avec une mansuétude de seigneur amusé. J'ai même modifié quelques phrases, tant j'avais fini par m'en foutre royalement.

Je m'attendais plus ou moins à ce qu'Aliénor Champlain se braque devant ma désinvolture, qu'elle me fasse bien sentir que je n'étais pas à la hauteur, voire qu'elle interrompe carrément la lecture. Au contraire, comme un musicien de jazz s'adapte à une rupture harmonique, elle s'est automatiquement conformée au décalage que j'avais instauré, en y prenant un plaisir manifeste. Ainsi, lorsque par ma bouche Bruno disait quelque chose comme : « Ça fait longtemps que j'avais envie de t'envoyer un SMS où il y aurait écrit *Mon amour de toujours, mon amour de tous les jours*, mais sans t'avouer que c'est une ex à moi qui m'a sorti ça un jour », et que, par celle d'Aliénor, Claire répondait : « Tu fais bien de me le dire parce que, de toute façon, je t'aurais dit que ça ne te ressemblait pas, de faire de jolis jeux de mots », notre dialogue prenait des accents shakespeariens.

Rapidement, il s'est établi entre nous une complicité qui, au-delà du jeu, révélait chez l'un et l'autre un esprit de fantaisie et un instinct identiques. C'est un peu comme si on dansait un tango à la façon d'un zouk-love. Ou bien, plus platement, c'est comme si nos deux corps avaient ondulé à l'unisson dès notre première étreinte. Un instant, j'ai même pensé à ces scènes entre

Laura Dern et Justin Théroux, qui interprètent deux comédiens en tournage dans le dernier Lynch. Ils jouent l'amour devant la caméra, en finissant par se prendre vraiment au jeu.

Mais, une fois la lecture achevée, Aliénor Champlain a posé ses feuilles de texte sur la table, elle s'est redressée sur sa chaise et ne m'a plus regardé une seule fois, réintégrant aussi sec son halo d'inaccessibilité, comme si rien de si extraordinaire que ça ne venait de se produire entre nous. Je sentais bien que ces va-et-vient brutaux entre proximité et indifférence n'étaient pas chez elle une affectation, mais bien un trait essentiel de son caractère. Ou bien cette distance qu'elle cultivait sans répit relevait-elle plutôt de ce syndrome d'« atterrissage impossible », propre surtout aux gens d'image beaux et célèbres, de cette tentative de compenser, sitôt quitté l'écran et les caméras, le retour à la normalité par des excès en tout genre (tyrannie, drogues, crises de nerfs, saccages d'hôtels), cette tentative de demeurer à tout prix une incarnation du désir et du rêve, sans plus vraiment faire la distinction entre eux-mêmes et leur personnage. Je me suis dit en tout cas qu'une fille qui vous souffle comme ça le chaud et le froid, c'est trop éprouvant pour les nerfs, qu'au moins je ne risquais pas de tomber amoureux d'elle, que c'était toujours ça de gagné.

Curieusement, Larrera n'a fait aucun commentaire sur la lecture. Jugeant inutile de passer à la scène du square entre Claire et Bruno, il a éteint sa caméra et nous a simplement dit, à Claude et à moi, qu'il montrerait les images au producteur et qu'il nous tiendrait au courant. Mettant un point d'honneur à ne pas chercher à en savoir davantage, j'ai repensé à certains moments de ma prestation, où j'avais naturellement imaginé que, séduit par mon aisance, il me donnerait le rôle immédiatement. Là, je me suis dit que sa réaction ne laissait rien présager de bon, et j'ai ressenti une sorte de vertige à l'idée que je n'étais peut-être pas aussi talentueux que le succès de *White Stuff* avait fini par me le faire imaginer.

Aussi ne savais-je toujours pas, en quittant avec Claude les bureaux de SlimFilmS, si j'avais envie d'obtenir le rôle pour le film lui-même ou pour revoir Aliénor Champlain, ou bien si je préférais oublier tout ça, profiter des derniers feux du succès de *White Stuff* et partir pour les Concordines sans trop me poser de questions sur mon avenir professionnel, résigné sans amertume à devoir, à mon retour, courir à nouveau le cacheton dans les téléfilms du Service public. Je voulais me persuader à tout prix que, dans un cas comme dans l'autre, je n'aurais rien à regretter.

C'est pour cette raison que je n'étais pas dans un état particulier de fébrilité lorsque Aliénor Champlain m'a réveillé, vers deux heures du matin. J'ai entendu mon portable sonner dans mon sommeil, la sonnerie s'est dans un premier temps intégrée au rêve que j'étais en train de faire à ce moment-là, puis, lorsque j'ai pris conscience que mon téléphone sonnait vraiment, je ne sais pas pourquoi, sans penser une seconde que ce pouvait être Marie-Pascale ou Thomas avec le décalage horaire, j'en ai conclu de façon tout à fait arbitraire qu'il ne pouvait s'agir que d'Aliénor Champlain. Et, effectivement, c'était elle. Je le lui ai dit, d'ailleurs, j'ai profité de cette prédisposition aux conversations étranges dans laquelle vous plonge un demi-sommeil pour lui dire : « C'est drôle, je savais que c'était vous », sans concevoir sur le coup que ma phrase pouvait paraître très prétentieuse.

Pour toute réponse, elle a eu un rire hystérique qui indiquait, indifféremment, un excès d'alcool, de coke, ou, plus probablement, une crise de folie passagère. J'avais deviné depuis notre premier regard qu'Aliénor Champlain était une fille de l'ellipse, du langage codé, de la mise à l'épreuve verbale, le genre à ne pas vous pardonner un échange banal. Aussi, tout comme elle ne m'a pas dit : « Est-ce que je vous réveille ? », j'ai évité de lui demander des choses comme : « Où est-ce que vous avez eu mon numéro de téléphone ? », ou : « Comment se fait-il que vous m'appeliez, alors que vous m'avez à peine dit au revoir tout à l'heure ? ».

J'étais extrêmement flatté qu'elle m'appelle, même si son état second ôtait une bonne part d'authenticité à son geste. Aucune hésitation dans sa façon de me proposer de la rejoindre chez elle immédiatement, juste des mots doux utilitaires, sans la moindre émotion. Jusque-là, j'avais pensé que les belles actrices célèbres étaient des femmes seules et dépressives qui ne baisaient jamais, parce que les mecs en avaient trop peur. Là, je me suis dit que je ne lui servirais, comme tant d'autres sans doute avant moi, qu'à satisfaire un caprice très passager. Je me suis dit : « Mais quel est le point faible d'une telle machine à broyer, à neutraliser le moindre élan ? Qu'est-ce qui peut bien révéler l'innocence et la fragilité d'une créature pareille ? Son père ? Sa grand-mère ? Son premier amour ? »

Je ne me sentais brusquement plus grand-chose à l'autre bout du fil, je sentais pour la première fois depuis très longtemps mon narcissisme au bord de l'effondrement, mais ça ne me faisait pas reculer. Elle m'a donné une adresse et un code dans le VIIe arrondissement, je lui ai dit « J'arrive » comme si cela allait de soi, je me suis levé d'un bond, habillé, brossé les dents, coiffé, lavé la bite, parfumé, et j'ai appelé un taxi. Dans la voiture, alors que je vérifiais machinalement la présence de préservatifs dans la poche revolver de mon manteau, je me suis demandé avec horreur si l'émotion de me taper Aliénor Champlain ne me ferait pas éjaculer trop vite.

Par sa discrétion même, l'immeuble d'Aliénor Champlain indiquait la présence d'une célébrité de haut rang. La rue enclavée, pas de circulation, pas de métro ni de commerces à proximité. Dans le hall, sur la liste des habitants du bâtiment, cinq noms, pas plus, mais des noms cossus, énigmatiques : RICHET-POTOSKI, LEGRAND, BARNETT. Pas de CHAMPLAIN, mais un NORMANN au troisième étage. C'était qui, Normann ? Son mec ? Un nom d'emprunt ? Ou bien était-ce Champlain le nom d'emprunt ?

Au troisième étage, donc, j'ai sonné. Mais ce n'est qu'au bout d'une grosse minute qu'Aliénor est venue m'ouvrir. Elle était démaquillée, pieds nus mais toujours grande, vêtue d'un t-shirt à transfert *Sesame Street* et d'un jean. Portable à l'oreille, concentrée, elle parlait un anglais parfait avec un interlocuteur que j'imaginais être au moins aussi célèbre qu'elle, ou bien une puissance de l'ombre. Elle m'a jeté un coup d'œil distrait, m'a fait signe de la tête d'entrer et de m'installer dans un petit salon qui semblait tenir plutôt de l'antichambre, puis elle a disparu avant que je puisse saisir la nature de sa conversation.

Pas de photos, pas de livres, pas de bibelots, bref, rien qui puisse vraiment stimuler l'imagination dans cette pièce au luxe impersonnel, qui sentait les passages en coup de vent et dont toutes les portes étaient closes, laissant seulement imaginer combien vaste était l'appartement au-delà et, surtout, combien Aliénor Champlain ne laissait pas à n'importe qui l'accès à son intimité. Pour toute chaleur, deux lampes *Miss K* translucides rouge et bleue de Philippe Starck, la station de jazz TSF en sourdine et, face au sofa, une table basse en ébène sur laquelle étaient déposés une bougie parfumée Jo Malone, une bouteille de vodka d'une marque que je ne connaissais pas, du gin Magellan, du Lillet, un petit seau à glace, de l'écorce de citron jaune découpée en serpentins, ainsi que deux verres à cocktail Ypsilon. Il m'a fallu retourner pendant un moment dans ma tête ce mot de *Lillet* pour comprendre que les trois bouteilles composaient la base du désormais fameux drink *Vesper* de James Bond : pas si original que ça pour une actrice supposée imprévisible.

Aliénor Champlain a fini par me rejoindre et, sans doute afin d'éviter un échange trop protocolaire, elle m'a dit, tout en refermant la porte :

— J'ai vu *White Stuff*.

Bien qu'aiguillé par la curiosité, je n'ai volontairement pas rebondi sur cette entrée en matière, pour ne surtout pas paraître trop narcissique. J'ai fait celui qui attendait calmement qu'elle développe d'elle-même. Elle s'est installée dans le fauteuil face au sofa dans lequel je m'étais assis, elle a laissé passer une ou deux secondes au cours desquelles elle prenait acte de mon silence volontaire comme un défi, puis elle a poursuivi :

— Il est comment, Jean-Michel ?

— Pas mal. Il est bien, je trouve, il a de bonnes idées. Il a une idée précise de ses personnages, il est clair avec ses comédiens, il communique bien. Il est bien.

— Tu n'es pas obligé de me parler comme aux journalistes, elle m'a lancé, cassante. Ce que je veux savoir, c'est si tu l'aimes bien ou pas. C'est comment tu le trouves, toi.

Elle avait cinq ou six ans de moins que moi, mais j'étais intimidé comme un gamin.

— Ben, oui, oui. Je ne passerais pas tous mes week-ends avec lui, mais ça va. On a dû s'appeler deux ou trois fois depuis le tournage, pas plus. On a fait une ou deux télés ensemble pour la promo, c'est tout. On n'a pas forcément les mêmes centres d'intérêt, voilà.

— Bon, c'est un con, c'est ça que tu veux dire.

— J'ai pas dit ça, me suis-je mollement défendu, incapable de lui opposer le moindre panache.

— Pourquoi tu ne me demandes pas ce que j'ai pensé de *White Stuff* ?

— Euh…

— T'es orgueilleux, hein ?

— Euh, non. Enfin, oui. Très.

— Et tu ne m'as pas demandé non plus pourquoi je t'invite à venir chez moi, comme ça, en pleine nuit, alors qu'on se connaît à peine ?

— J'ai pas osé. Je pensais que tu trouverais ça trop plat.

Je m'étais forcé à la tutoyer à mon tour. Elle a poursuivi sur son ton si naturellement direct :

— Tu crois que je veux coucher avec toi ?

— Euh, oui, je l'ai cru, c'est vrai.

— Pourquoi tu l'*as* cru ? T'y crois plus, là ?

— Écoute, tu m'embarrasses, j'ai fini par protester. J'ai l'impression de me retrouver dans la peau d'un petit garçon alors que tu as, quoi ? cinq, six ans de moins que moi ? J'ai l'impression que tu joues avec moi et, quand bien même, quand bien même tu ne jouerais pas avec moi, même si tu es naturellement directe et intimidante, supérieure, je dois t'avouer que je ne sais pas sur quel pied danser avec toi, j'ai besoin de plus de simplicité, voilà, il fallait que je te le dise, parce que je ne me sens pas du tout à l'aise depuis le début de notre conversation.

Elle m'a regardé sans réticence ni compassion particulière : mes états d'âme ne la regardaient pas. Si j'avais un problème, c'était à moi de le régler. Puis, malicieuse :

— Tu veux te mettre à l'aise ?

— Qu'est-ce que tu vas me proposer? De la coke, un truc comme ça?

— Bingo!

L'excitation qu'elle a manifestée m'a semblé un peu juvénile. Elle s'est levée de son fauteuil avec empressement, a disparu à nouveau pendant quelques instants, puis elle est revenue avec une petite paille et deux morceaux de papier transparent plié, dont l'un contenait de la poudre blanche. C'était la première fois que j'en voyais en vrai, j'en avais le cœur qui battait.

— Je n'ai jamais essayé, tu sais.

Je lui ai sorti ça avec une ostentation sans conviction, un peu comme si j'avais dit, au beau milieu d'une conversation sur le sexe : « Je suis puceau, et alors? »

— C'est pas compliqué, elle m'a fait sans paraître plus surprise que ça, tu fais comme dans les films.

Et, de fait, elle a versé un petit tas de poudre sur la table basse, elle a sorti une lame de rasoir du second papier, et elle a adroitement formé sur la table quatre rails parallèles de 4-5 centimètres chacun.

— Deux chacun, un par narine, tu sniffes un bon grand coup avec la paille sur toute la longueur, en faisant attention à ne pas souffler par le nez, sinon tu en mets partout.

La coke, je n'y avais jamais touché parce que ça ne m'attirait pas, tout simplement, parce que c'était chimique, que ça bousillait le cartilage nasal et les neurones, et que l'idée même d'en prendre me foutait un blues indescriptible, parce que j'étais un type qui faisait attention à sa santé, qui évitait autant que possible de prendre des médocs, fût-ce une aspirine, parce que j'étais un type qui préférait les remèdes naturels, qui ne fumait ni joints ni cigarettes, qui aimait le sport et le grand air, qui aimait la vie et ses plaisirs simples et légaux, parce que je trouvais ça glauque, crade, confiné, sombre et tristissime, pas séduisant pour deux francs, parce que je n'avais pas besoin de ça pour triper, parce que, par-delà même toutes les caricatures que j'y associais, je pensais que c'était un trip pour mauvais jouisseurs, pour dépressifs, pour pas heureux, pour faibles, pour déprimants, parce que je ne voulais pas, de près ou de loin, être mêlé à ces choses-là, voilà, qu'importe qu'on me prenne pour un cul coincé, un con ou un réac, je m'en foutais.

Je ne voulais pas toucher à la coke, j'avais toujours fait savoir que ce n'était même pas la peine de chercher à m'en proposer, d'ailleurs personne ne m'en proposait jamais tant ça devait se lire sur mon visage que j'étais un type sain comme une pomme. Mais, je ne sais pas, en voyant quelqu'un d'aussi connu, talentueux et fascinant qu'Aliénor Champlain m'en offrir aussi spontanément, je me suis senti en confiance, je me suis dit :

« Elle est trop connue et trop solaire pour que ce soit glauque. Et puis, à ton âge, c'est pas un petit essai qui va te faire plonger. Prends ça comme une expérience, au moins tu sauras ce que c'est, au moins t'auras une idée du truc, tu pourras en parler en connaissance de cause et revoir *Scarface* d'un œil plus averti. Sans compter que ça te désinhibera si tu la sautes, sans compter que ça te donne une gaule et une endurance d'enfer d'après ce qu'on dit. Et, quant aux effets secondaires, demain, après un bon footing aux Buttes-Chaumont et une bonne inhalation à l'essence de thym, on n'en parlera plus. »

J'ai donc inspiré un peu maladroitement un grand coup par chaque narine en prenant bien garde de ne pas souffler et, tout comme j'avais eu l'impression de ne rien ressentir les rares fois où, adolescent, il m'était arrivé de partager des joints, j'ai eu le sentiment de rester parfaitement sous contrôle. Aliénor Champlain s'est exécutée avec beaucoup plus de savoir-faire que moi et, en habituée, ne s'est pas attardée sur l'épisode. Elle a soigneusement épongé de l'index les résidus de poudre qui collaient à la table, en a frotté ses gencives, toujours comme dans un film, elle a remballé la lame de rasoir et, sans même me demander mon avis, m'a préparé un Vesper, toujours avec cette dextérité, cette indépendance dans ses gestes que je n'aurais pas imaginée chez quelqu'un d'aussi célèbre, d'aussi peu ancré dans la « vraie vie ».

J'ai accepté le verre en me formulant consciemment qu'il serait impoli de commencer à boire sans qu'elle ait terminé de préparer le sien, tout en me risquant à voix haute à une remarque sur la qualité des dialogues entre James Bond et Vesper Hyndes, lors de leur rencontre dans le train qui les mène au Monténégro, dans ce même remake de *Casino Royale*. J'en ai profité, je m'en souviens, pour demander à Aliénor Champlain si elle connaissait Eva Green, et elle m'a répondu que oui, que c'était même une amie.

Je sais qu'à un autre moment, nous avons évoqué les Concordines, où elle s'était déjà rendue en compagnie d'un ami photographe qui y préparait un reportage pour un journal américain. Je sais m'en être ému et avoir deviné le nom de cet ami, puisqu'il n'y avait pas eu tant de reportages que ça réalisés aux Concordines, ces dernières années. Je me souviens lui avoir dit : « Tu me dis *un ami photographe*, comme ça, comme s'il s'agissait d'un photographe comme un autre, mais ce ne serait pas Pierre-Noël Le Fur, par hasard ? »

Je sais avoir imaginé qu'ils avaient certainement couché ensemble dans l'un des bungalows du *Hill's Angels*, à B-Bay Beach, parce que Pierre-Noël Le Fur, beau gosse doué et successful, même s'il n'était pas Matt Damon, était tout à fait du calibre à pouvoir s'offrir Aliénor Champlain et se retrouver avec elle en couverture de *Voici*. Je sais avoir beaucoup parlé de choses dont je ne me souviens plus pour la plupart, je sais m'être levé à un moment pour aller aux toilettes, y avoir vérifié dans le miroir que j'étais toujours en mesure de me regarder droit dans les yeux en pensant :

« Tu n'as pas dit de conneries, tu t'es bien tenu, tu parles bien, tu l'écoutes, le Vesper te tourne un peu la tête, oui t'es sous contrôle, oui ce soir tu vas assurer, oui tu vas te la taper. »

Je me souviens aussi d'avoir pris l'initiative du premier baiser sur le sofa et de m'être fait la remarque qu'embrasser une fille aussi célèbre et magnétique qu'Aliénor Champlain, malgré ses dents un peu courtes, cela sublimait la sensation habituelle du baiser. Que l'effet produit par un baiser n'était plus alors question de technique, de l'épaisseur des lèvres, du goût de la salive ou de la dureté de la langue de la personne qu'on embrasse, mais de son aura. Je me souviens d'avoir pensé que ma vie était en train d'atteindre des sommets. Je me souviens m'être dit aussi que ç'avait beau être elle la star, je n'en restais pas moins l'homme, et que, depuis la création de l'humanité, c'était à l'homme de faire naître, d'entretenir et de satisfaire le désir de la femme. Je me souviens d'avoir à ce point ressenti un trouble en la constatant totalement abandonnée à mes caresses et à mes baisers que je ne bandais toujours pas au moment où j'aurais dû enfiler mon préservatif et la pénétrer. Mon sentiment de gâchis et de honte a été tel qu'il en a interrompu net l'effet conjugué de l'alcool et de la coke dans mon cerveau. Lorsque j'ai senti son excitation retomber, j'ai cessé de gesticuler et je me suis excusé, n'hésitant pas à lui avouer que j'étais trop intimidé. J'ai ajouté, conscient du caractère dérisoire de mon argument : « Ça ne m'arrive jamais, d'habitude. »

Elle s'est rajustée en me répondant un « C'est pas grave » froidement agacé qui a alourdi mon humiliation, je me suis rhabillé et je lui ai dit que j'allais rentrer chez moi. Elle ne m'a pas proposé de rester dormir, on s'est salués, elle a refermé sa porte derrière moi en bâillant, sans état d'âme, et je me suis retrouvé dans cette rue noble du VIIe arrondissement que l'aurore rendait plus écrasante encore, à l'heure des derniers camions poubelles et des premiers balayeurs. Ma bouche était anormalement sèche, mon nez n'arrêtait pas de couler, j'avais bien davantage qu'une gueule de bois. J'ai remonté le col de mon manteau pour me recomposer une contenance face aux rares passants que je croiserais et qui, eux au moins, ne sauraient rien de ma déconfiture. Puis j'ai marché au hasard vers les boulevards. Je fuyais d'un pas faussement décidé l'immeuble d'Aliénor Champlain en me disant que cette soirée allait me coller à la peau toute ma vie et que toutes les parties de baise du monde ne me rachèteraient jamais. Je pensais à Matt Damon et à Pierre-Noël Le Fur, je me disais : « Eux, au moins ce sont de vrais mecs, eux au moins ils ont bandé et ils l'ont mise. » Je me sentais moins que rien et, pour m'achever tout à fait, j'ai réalisé que je ne savais toujours pas ce qu'elle avait pensé de mon film.

— Ah bon ? s'est raisonnablement étonnée ma mère.

— Oui, mais juste un petit flirt de rien du tout, comme ça. On a surtout pas mal discuté, en fait. C'est une drôle de fille, vraiment bizarre.

Mon malaise sur le sujet se traduisait, notamment, par l'application toute particulière que je mettais à râper la chair de la noix de coco dans le saladier.

— Elle t'a appelé en pleine nuit pour te demander de venir chez elle ? Eh ben, elle manque pas d'air. T'es sûr que je dois pas la rajouter maintenant, la pâte de crevettes ?

Je n'enviais pas tant l'authentique désintéressement de ma mère vis-à-vis des mythes faciles et des peoples que je lui étais reconnaissant de m'en avoir transmis une part suffisante pour n'être pas moi-même complètement dupe de mes propres objets de fascination, et me trouver ainsi à même de me concentrer sur des choses plus simples et plus essentielles.

— Ah non, surtout pas, s'il te plaît ! Laisse-la dans le bol, je te dirai quand j'en aurai besoin. Tu les as déjà rincés, les liserons d'eau ?

Je ressentais une jouissance toute particulière, lorsque je cuisinais chez elle, à me composer une assurance qui frisait la directivité.

— Oui, ça y est. J'ai découpé les tiges comme tu m'as dit. Et alors, vous allez vous revoir ?

— Ça m'étonnerait. Il ne s'est rien passé, tu sais, rien du tout. Tu peux me presser deux gousses d'ail, s'il te plaît ? Et me soulever le couvercle de la casserole, je vais rajouter la noix de coco râpée pour l'eau du riz.

— Et l'Espagnole, toujours pas de nouvelles ? Tu l'as pas rappelée, j'espère.

— Non. Mais ça y est, c'est bon, c'est classé, j'y pense plus trop.

Ce n'est pas que je cherchais à minimiser ma nostalgie par orgueil mais, en en parlant, en le disant, en disant : « Je ne pense plus à Elvira, Elvira c'est une affaire classée », j'avais le sentiment que ça me faisait effectivement prendre du recul.

— Ben il était temps. Et puis, elle me plaisait pas beaucoup, celle-là. Maintenant que vous êtes séparés, je peux te dire ce que je pense, ça te vexe pas ? C'est vrai qu'elle était très belle, ça, il n'y a rien à dire, elle était magnifique, mais j'ai pas senti chez elle une grande générosité quand tu me l'as présentée. C'est vrai que je ne la connais pas, mais le coup des boucles d'oreilles, je dois dire que ça m'est resté un peu en travers. Je trouve ce type d'impolitesse assez révélateur d'une personnalité. Bon, ça me paraît être le bon moment, là, pour la pâte de crevettes. Après ça sera trop tard, elle aura plus aucun goût, ta sauce.

— Non, maman, pas encore. Tu la mettras quand je te le dirai, je sais ce que je fais. Tu sais pas comment il faut la faire, la sauce, tu es persuadée que tu sais la faire, mais tu as ta propre idée de la cuisson et tu rajoutes toujours des trucs qui n'ont plus rien à voir. Je dis pas que c'est pas bon, mais c'est pas des sauces de *gaillard* que tu fais, on met pas de gingembre, dans le gaillard. Tu peux mettre les liserons d'eau sur le feu ?

— Attends, tu demanderas à ton père si je ne savais pas le préparer, le gaillard, quand il invitait ses amis chez moi. Personne ne voulait me croire, quand je leur disais que je n'avais jamais mis les pieds aux Concordines.

Chaque fois que ma mère évoquait mon père dans des termes affectueux, chaque fois qu'elle disait « ton père » avec cet air qui n'en pensait pas moins mais qui ne pouvait s'empêcher de sourire quand même, je pensais à l'espoir que j'avais, enfant, lorsqu'il venait me rendre visite à Moissy, qu'il n'en reparte plus.

— C'est parce qu'ils te draguaient tous, maman, qu'ils te disaient ça, tu le sais très bien, tu les connais, les hommes concordins. Vas-y, tu peux la mettre, ta pâte de crevettes, dilue-la bien, s'il te plaît. Et laisse le poisson tranquille, sinon il va refroidir. Je suis d'accord, pour Elvira, c'est vrai, elle n'était pas généreuse, elle était assez égoïste et narcissique. Mais ça ne me gênait pas tant que ça, je me rends compte, parce qu'il y avait autre chose. Elle était égoïste, narcissique, trop jeune, tout ce que tu veux, mais, je sais pas, en même temps, elle avait une espèce de spontanéité très attachante, dénuée de calcul, je sais pas comment te dire. Je sais pas, j'étais bien avec elle. Elle était chiante souvent, mais pas si compliquée que ça, au fond, et beaucoup plus critique qu'on ne pourrait le penser. Mais bon, plus j'y pense, plus je me dis que c'est sa beauté qui me manque. Non mais, franchement, tu avais déjà vu ça ?

— Mais oui, elle était belle ! Tu veux que je te le répète combien de fois ? Encore que, si ça te fait si mal que ça, si ça peut te rassurer, pour être tout à fait honnête, eh bien je trouve que sa taille n'était pas assez marquée, qu'elle marchait voûtée, qu'elle avait les jambes un peu courtaudes et qu'elle était un peu maigrichonne, voilà, je te le dis, je sais que ça fait du bien parfois d'entendre ce genre de choses, j'espère que tu ne m'en veux pas, hein ? Mais, de toute façon, c'est pas d'être belle qui compte. Je te dis pas ça parce que je suis devenue vieille et moche ou que je suis jalouse, je te dis ça parce que c'est vrai. Ce qui compte, en amour, c'est d'être gentil, c'est d'être généreux, c'est de savoir donner, c'est de savoir se montrer attentionné et de ne pas penser qu'à soi, c'est ça les qualités qu'on retient avec le temps chez quelqu'un. Les filles les plus précieuses, c'est les filles gentilles, tu t'en rendras compte. Le problème, avec les belles filles, c'est que si tu les mets sur un piédestal comme tu le fais, si tu les traites en princesses, elles finissent par croire qu'elles le sont vraiment. Même si, à quarante ans, après avoir fait pendant vingt ans comme le héron de La Fontaine, à quarante ans, quand elles sont moins fraîches, quand on commence à moins les regarder, quand elles ne plaisent plus aussi facilement, quand elles ont congédié tous leurs prétendants et qu'elles se retrouvent seules comme un flan, elles réalisent tout ça. Mais il est trop tard, je sais de quoi je parle, tu sais comme je me suis mordu les doigts de l'avoir pris de haut pendant si longtemps, Michel. Les trop belles filles, en général, elles ne donnent pas beaucoup. D'ailleurs, je suis sûre que tu t'en es très vite rendu compte avec ton Espagnole. Mais tu étais trop amoureux pour l'admettre.

Elle avait raison. Ça me faisait du bien d'entendre critiquer Elvira avec objectivité. À chaque fois, cela avait automatiquement pour effet de me désaliéner. Je me sentais d'ailleurs à ce point mieux que j'ai insisté encore un peu, comme pour mieux éprouver que ça ne faisait plus mal :

— Et puis l'Espagne... L'Espagne ! T'imagines, je peux même plus passer normalement devant une vitrine d'agence de voyages sans chercher masochistement, parmi les affiches, les promotions Paris-Barcelone, comme si j'avais pas intégré que c'était fini. Ça me tue.

Il y a eu un bruit de porte qui claquait dans le hall d'entrée, de clés qu'on pose sur une commode, de manteau qu'on enlève, de froissements divers d'étoffes et de pas décidés sur le parquet du salon. C'est Jean-Paul qui était rentré. J'ai perçu l'infime tension qui a gagné ma mère dans la façon qu'elle a eu de baisser sa tête vers la poêle :

— La sauce d'huître, c'est maintenant que je la mets ? elle m'a demandé l'air de rien, comme si elle tentait de me persuader que l'arrivée de Jean-Paul ne changerait rien à la bonne humeur qu'on avait installée tous les deux dans la cuisine.

— Oui oui, vas-y, j'ai répondu d'une voix neutre qui signifiait, dans tous les cas, la suspension provisoire des confidences.

Un bref silence a suivi, puis Jean-Paul est entré en grimaçant :

— Ouh là ! c'est costaud, cette odeur ! Qu'est-ce que c'est ? Tiens, salut Antoine ! T'es déjà là ? Comment vas-tu ?

Voix complaisamment puissante, sourire et enthousiasme démesurés, poignée de main de fer, torse bombé et raideur excessive du maintien pour tenter de compenser mes six ou sept centimètres supplémentaires, regard droit dans les yeux qui se voulait une marque de franchise mais relevait plutôt d'un défi de mâle : tout chez Jean-Paul trahissait à mon égard une intranquillité obstinée. Il a embrassé ma mère sur la bouche comme on marque son territoire et, comme à chaque fois qu'un homme embrasse devant moi ma mère sur la bouche, je n'ai pu m'empêcher de penser : « Maintenant, je m'en fous. Mais, petit, je n'aimais pas ça. »

Il a regardé la poêle et a soulevé le couvercle de la casserole avec un air dubitatif, puis m'a dit, sans réaliser sans doute le rapport de cause à effet :

— Alors, tu pars demain, c'est ça ? Dis donc, t'as vu en ce moment les manifs devant le consulat de France, à Port-Garcia ?

— Ah bon ? Quelles manifs ? s'est immiscée ma mère avec un ton de légèreté qui cherchait à jeter des ponts entre Jean-Paul et moi.

— T'as pas regardé les infos ? L'ambassade a rejeté en masse des demandes de visas de Concordins, et ça crée un bordel pas possible. En plus, il va y avoir des élections, bientôt, si j'ai bien compris. Il y a plusieurs centaines de jeunes qui manifestent, il y a eu des jets de pierres vers le bureau de l'ambassadeur, à Richeterre, tout ça. Évidemment, le gouvernement local a envoyé l'armée, et, comme on peut l'imaginer, ils n'y sont pas allés avec le dos de la cuiller, eux. Il n'y a toujours pas eu de morts, mais ça a l'air de barder.

— Ah, je n'en ai pas du tout entendu parler, s'est inquiétée ma mère. Et toi, Antoine ?

— Oui, j'ai entendu ça sur RFI ce matin.

Jean-Paul s'est tourné vers moi :

— Tu trouves pas ça un peu honteux, l'attitude de la France ? il a fait avec suspicion.

— Non, je trouve qu'ils ont raison.

— Comment ça, ils ont raison ?

Il faisait mine d'être scandalisé.

— Tu connais ma position, Jean-Paul, on a déjà eu cette discussion à propos des clandestins sénégalais et maliens avec les Canaries. Je pense que tous ces jeunes qui rêvent d'Europe en regardant la télé, qui claquent toutes leurs économies dans un billet d'avion ou un passeur, eh bien ils font pas le bon choix, c'est tout. Je sais qu'ils préfèrent mille fois galérer ici, tenter leur chance, plutôt que survivre là-bas, mais c'est pas une solution, ça ne règle rien, ça crée des situations humiliantes, ça maintient une forme ambiguë de paternalisme du côté occidental, ça crée des bombes à retardement dans les banlieues, et c'est tout. Sur le plan idéologique, personnellement, je trouve ça catastrophique.

— Chacun chez soi, c'est ça ?

— Tu caricatures, il faut nuancer, mais c'est un peu ça, oui.

— Bon, vous allez pas recommencer avec la politique, a soupiré ma mère. Antoine, je voudrais juste que tu fasses un peu gaffe quand même. Tu ne penses pas que ça vaudrait le coup d'attendre que ça se calme un peu, avant de prendre ton avion ?

— C'est trop tard, maman, il n'est pas échangeable, mon billet. Et puis, il faut vraiment que j'aille voir papa.

J'avais dit « papa » avec une insistance un peu perfide.

— Moi, ce que je ne comprends pas, a persisté Jean-Paul pour le plaisir, c'est que *toi* tu puisses raisonner comme ça. Tu ne ressens aucune solidarité, rien ? Enfin, t'es quand même à moitié comme eux, non ?

« À moitié comme *eux*. » Je l'imaginais très bien parader devant ses internes, à la clinique : « C'est le monde à l'envers : le fils de Nicole, vous savez, l'acteur, le Black. Eh bien, il s'en carre complètement, des Droits de l'homme ! Vous imaginez que c'est moi, un médecin, blanc, supposément conservateur, supposément de droite, supposément le monstre d'égoïsme, vous imaginez que c'est moi qui dois lui faire la leçon ? »

Pour toute réponse, je me suis calmement contenté de couper le gaz sous la poêle, de vérifier l'état du riz sous le couvercle de la casserole et d'annoncer que c'était prêt, qu'on passait à table quand ils voulaient.

— Il reste du steak dans le frigo ? a lancé Jean-Paul à ma mère avec une désinvolture forcée. Parce que moi, très honnêtement, ça, à part le riz, je suis pas sûr d'aimer.

Mes plus intenses sensations de voyage, entre désir informulable d'absolu et mélancolie sans objet, c'est sur l'autoroute qui menait à Roissy que je les vivais, de préférence le matin avant le lever du jour, ou bien tard le soir. Je n'aimais rien tant que l'idée d'aller prendre l'avion, et, aux abords de l'aéroport, en observant par la vitre du taxi la ronde pleins phares des appareils à l'approche ou de ceux qui, toutes les trente secondes, s'élançaient comme d'un tremplin vers le ciel sans limite, me dire que je me trouverais confortablement assis dans l'un d'eux d'ici deux ou trois heures à peine. Et s'il pouvait m'arriver parfois de simplement me promener dans les environs, sans devoir quitter la terre ferme, en laissant, le cœur serré, Roissy et ses Boeing partir pour partout mais sans moi, c'est immanquablement les vers de Jean de La Ville de Mirmont qui me venaient à l'esprit :

Je suis né dans un port et depuis mon enfance / J'ai vu passer par là des pays bien divers / Attentif à la brise et toujours en partance / Mon cœur n'a jamais pris le chemin de la mer / Les ports ont un parfum dangereux pour les hommes / Et si mon cœur est faible et las devant l'effort / S'il préfère dormir dans de lointains arômes / Mon Dieu, vous le vouliez, je suis né dans un port

Sauf que, depuis quelque temps, je ne pouvais m'empêcher, à la vue de ces dizaines d'avions tournoyant sans répit au-dessus du Bassin parisien, de penser aussi à une interview du prix Nobel de chimie Yves Chauvin, qui disait, en gros, que d'ici vingt ou trente ans on ne voyagerait probablement plus aussi facilement et aussi loin qu'aujourd'hui, la faute à la pénurie prévisible de carburant et tutti quanti.

Je ne pouvais m'empêcher alors, la faute à l'obsession générale du réchauffement climatique, la faute à *The Day After Tomorrow* de Roland Emmerich, la faute à *An Inconvenient Truth* d'Al Gore, la faute à la presse, à la télé, à la radio, à toutes ces discussions de café du commerce que j'entretenais comme tout le monde au jour le jour, je ne pouvais m'empêcher de penser, sans aucune originalité j'avoue, je ne pouvais m'empêcher de croire très sérieusement que c'était le Chant du cygne, qu'on vivait les dernières années de l'espèce humaine, j'y pensais tous les jours. Ou plutôt, mon originalité à moi, peut-être, c'était de le croire vraiment, plus naïvement et plus fermement que les autres, c'était de me dire :

« Quand tu étais petit et jusqu'à une période relativement récente, du temps de la succession rassurante des saisons, tu regardais les avions dans le ciel avec innocence, en pensant : *Oh, un avion.* Aujourd'hui, avec les histoires d'énergies non renouvelables et des effets de serre irréversibles, quand tu regardes un avion, tu penses : *À quand son dernier vol ? Demain ? Dans un mois ? Dans un an ? Dans dix ?* »

C'était de me dire :

« On va tous peut-être crever asphyxiés demain et on continue à prendre l'avion, à faire des économies, des enfants, à vouloir faire carrière, à vouloir s'enrichir, à acquérir, à s'acheter des bagnoles neuves, à sortir, à consommer, à construire des gratte-ciel toujours plus hauts, à croire dans l'avenir, comme au bon vieux temps de l'innocence. »

En tout cas, même si ça relevait du fantasme, ça m'avait permis de prendre profondément conscience de l'aberration du monde occidental, pour employer de grands mots. Ça me semblait brusquement un peu dépassé, la persistance de l'épargne, de la croissance économique, des campagnes publicitaires qui prennent les gens pour des cons, des vacances d'été et des articles de plage. L'obsession du progrès, aussi. Par exemple, si je croisais dans la rue un type muni d'un dispositif Bluetooth à l'oreille et tellement satisfait de profiter de la technologie moderne, tellement satisfait d'être bien dans son temps, eh bien je m'étonnais qu'on puisse, à l'ère de la miniaturisation absolue, de la dématérialisation des technologies, accorder encore une quelconque importance aux gadgets, aux objets en général. Je me disais que ce type remplacerait d'ici cinq ans son Bluetooth par quelque chose de vingt fois plus miniaturisé et vingt fois plus puissant, idem cinq ans plus tard, et qu'à chaque fois cela lui donnerait le même sentiment d'être en adéquation absolue avec son temps, alors que, dans son désir même de modernité, il aurait toujours un train de retard sur ce à quoi il tendait inconsciemment : le vide, c'est-à-dire être enfin débarrassé de tout intermédiaire entre lui et le monde.

À ce titre, j'étais obsédé par les dernières minutes du film d'anticipation *A.I.*, de Spielberg, où, des dizaines de milliers d'années après l'extinction de l'espèce humaine moderne, l'on voit apparaître un petit groupe d'êtres absolument identiques, grosses têtes et corps émaciés à la façon des figurines de Giacometti, sans yeux, ni bouche, ni sexe, dotés d'une peau imberbe, quasi translucide, à la couleur indéfinissable : ce sont des hommes, à l'ère de l'autonomie absolue de l'espèce. Ils n'ont plus besoin de rien, ni villes, ni véhicules, ni livres, ni machines, ni internet, ni vêtements, ni sans doute de lits, de tables, d'assiettes, de domicile et d'argent, tous ces oripeaux utilitaires et trop encombrants du passé. Ils n'ont même plus besoin de la parole, échangeant avec leurs semblables des informations par contact tactile, leur cerveau leur tenant lieu d'ordinateur tout-puissant. Ils n'ont peut-être même plus de sentiment de convoitise, tout simplement : le fin du fin de l'aboutissement de l'espèce.

C'est tout cela qui me venait plus ou moins consciemment à l'esprit chaque fois que j'arrivais aux abords de Roissy, chaque fois aussi que je croisais un type rivé à son portable high-tech, ou tout simplement un type en Mercedes, en costume-cravate, en vêtements de marque, chaque fois que je regardais une affiche de pub, que je contemplais un fil électrique ou un écran plasma, que j'écoutais les cours de la Bourse à la radio et que j'avisais les nuées de bagnoles amoncelées sur les trottoirs des villes ou sur le périphérique aux heures de pointe : un monde obsolète qui s'obstinait dans des valeurs sans avenir.

Le taxi payé, je me suis engouffré dans le hall du Terminal 2 de Roissy, mon sac de voyage en bandoulière, et j'ai pris la direction des comptoirs Air France. Dans mon iPod, Dionne Warwick chantait *Walk On By*, sur une musique de Burt Bacharach. Elle disait : *Foolish pride is all that I have left / So let me hide / The tears and the sadness you gave me / When you said goodbye*.

Un court instant, j'ai songé à envoyer à Elvira les paroles et le fichier compressé de la chanson depuis une borne internet de l'aéroport. Je me suis ravisé, parce que, d'une part, j'ai jugé mon intention vaine et, d'autre part, je savais qu'elle n'aimerait pas ce style de musique.

Un peu plus tard, en salle d'embarquement, j'écoutais *Sob o Mar*, de Jaime et Nair, un tube brésilien des années 1970. À deux minutes et trente-sept secondes très exactement dans le time code du morceau, sur un rythme de galop souple, une profonde nappe de cordes en mode mineur prend le relais de la voix des deux chanteurs, on a l'impression d'être catapulté dans l'infinité d'un ciel clair. J'en ai eu la chair de poule et, malgré moi, de façon tout à fait injustifiée, une fois de plus, c'est sur le visage et le sourire d'Elvira que se sont concentrées toute mon émotion et toute ma mélancolie. J'ai aussitôt pensé à ce film de Michel Gondry, *Eternal Sunshine of The Spotless Mind*, avec Jim Carrey et Kate Winslet, et je me suis dit qu'il serait en effet bien pratique que, dans l'avenir, la science nous permette d'effacer une bonne fois pour toutes de notre cerveau la place beaucoup trop imposante occupée par ceux et surtout celles dont le souvenir nous fait trop de mal.

2

Emerson m'attendait juste en face des portes de sortie de l'aéroport, manifestement très fier que je le trouve en baskets neuves et lunettes de soleil, adossé à un impeccable pick-up Mitsubishi L200 double cabine qui tranchait net parmi les guimbardes des taxis à la sauvette.

— Wow ! C'est à toi ? je me suis exclamé pour ne pas lui gâcher sa mise en scène.

— Non, c'est à David, il me l'a prêté.

Emerson parlait un français très correct, mais, outre l'accent, une imperceptible application dans son débit indiquait qu'il n'en faisait pas un usage quotidien.

— David ? Ah oui, je me souviens : le Belge qui écoule les vieilles Clio qu'il rachète trois fois rien en Belgique, c'est ça ? Je pensais pas que c'était le genre à pouvoir se séparer de sa voiture…

Je n'avais pas osé dire : « Ce m'as-tu-vu gominé antipathique et buté qui se prend pour un caïd de *Miami Vice* et te prend, toi, pour un idiot ? »

— Ça, c'est pas sa voiture personnelle, c'est à

la société. Sa voiture personnelle, c'est un Lexus RX400. Il l'a fait venir direct des States par container. Tout noir, vitres teintées, sièges en cuir, ordinateur de bord, GPS, DVD. Il m'a fait entrer à l'intérieur : ah, j'te jure…

— C'est avec ses Clio pourries qu'il a pu se payer ça ?

— Ah, mais, attention : David, ça rigole pas, c'est pas du petit business ! Ça change, par ici, Antoine ! admirait Emerson tout en démarrant le 4 × 4. Les voitures, c'est toujours la base, hein, il y a le dépôt à Richeterre, et là on vient d'ouvrir une succursale à Port-Garcia et une à B-Bay, on en ouvre une autre aussi en janvier à Sainte-Grâce. Mais David, maintenant, en plus, il se lance dans l'immobilier, il a acheté trente hectares sur la route des Criques, il est en train de faire construire un hôtel, il est en train de monter une agence immobilière, il est même en train de monter une compagnie aérienne, il a racheté deux petits Cessna d'occasion, c'est pour les businessmen qui veulent aller dans le Nord rapidement, parce que la route, c'est de pire en pire, tu sais. Tu vois, c'est tout ça, David. Même Tom, il travaille avec lui. Il t'en parlera, tu verras.

À la façon qu'il avait de faire glisser le volant entre ses doigts, tout en regardant la route droit devant lui avec une confiance qui frisait l'arrogance, on aurait dit que c'était lui, David.

— Et toi, alors, tu fais quoi maintenant, dans la société ?

— Moi ? Eh ben, David, il m'a mis contrôleur qualité du dépôt principal, en ville.

— Il te paye bien ?

Je venais de mettre le doigt là où ça faisait mal.

— Ça va, j'ai pas à me plaindre, il a fait avec l'air de quelqu'un qui, précisément, avait à se plaindre mais n'osait pas trop. Tu sais, tout le monde veut travailler là-bas, tout le monde ! Les entretiens d'embauche, il y en a trente, cinquante par jour au dépôt, tu peux pas imaginer, les jeunes sont prêts à travailler pour deux dollars par jour. Tu vois, David, eh ben il a deux associés français, Thierry et Sébastien. Mais, juste après, il y a Ben et moi. Et si ça marche comme prévu à B-Bay, il nous augmente, il l'a dit à Ben et puis à Tom, aussi. Et ça va marcher, B-Bay, ça va marcher, c'est sûr. Et de toute façon, s'il nous augmente pas, nous, on s'en va.

David, David, David. J'ai pensé avec un certain découragement que si, malgré les discours de notre père, l'influence de Thomas et Ben et ses propres t-shirts et casquettes floqués Malcolm X ou Tupac, si malgré tout ça Emerson consentait à ravaler sa fierté devant un type pareil, c'est que ce n'était pas seulement en raison de sa jeunesse et de sa naïveté. C'est que ça devait être dans l'ordre des choses, les petits Blancs racailleux pleins aux as faisant la pluie et le beau temps sur les terres d'autrui. Que si des David étaient à même de décider du destin de types comme mes frères, tellement plus vivants, plus drôles et mieux éduqués que lui, c'est que la colère et la dignité, même réelles, ça ne restait, au fond, peut-être, que des mots.

— Ça fait du bien de revenir, j'ai soupiré pour changer de sujet.

Cuvant mon décalage horaire, je regardais les faubourgs de Port-Garcia défiler par les vitres de la voiture, le soleil qui irradiait littéralement les toits de tôle des cases, les décharges improvisées, les carcasses de voitures, les entrelacs de câbles électriques parasites au-dessus de la route, la population pieds nus progressant en file indienne sur les bas-côtés de la chaussée envahie par les lambeaux de sachets plastique accrochés aux broussailles, les nuages de gasoil s'échappant des pots des bus surbondés à chaque accélération. Je regardais dehors et tout cela me faisait penser à la sempiternelle question que je posais à ma mère, quand j'avais sept ou huit ans, sitôt que j'entendais le nom d'un pays que je ne connaissais pas, à la télé ou la radio : « C'est riche ou c'est pauvre, là-bas, maman ? Est-ce que c'est *moderne* ? », tout en m'empêchant moi-même, chaque fois qu'elle me répondait : « C'est pauvre, mon chéri. Non, ce n'est pas moderne », tout en m'empêchant de lui demander : « Les gens, là-bas, ils sont noirs ou ils sont blancs ? »

La réponse, ce n'était pas la peine qu'elle me la donne, je la connaissais déjà. Tout comme ce n'était pas la peine que ma mère se sente obligée de m'expliquer que ce n'était pas le degré de richesse ou de modernité d'un pays qui en faisait la valeur. Parce que je sentais bien qu'elle me disait cela comme quelqu'un qui, parce qu'il se trouve naturellement du bon côté, peut se permettre une telle largesse d'esprit. Tout comme lorsque, avec ses longs cheveux raides et clairs, elle me disait que j'avais de beaux cheveux moi aussi, sans imaginer une seconde que je savais très bien que c'était pour que j'évite d'avoir à lui dire que je voulais des cheveux comme les siens. Tout comme, lorsque dans ma douche je m'enduisais tout le corps de savon et que je lui disais : « Regarde Maman, on dirait que je suis blanc », elle me disait, d'un air gêné et faussement naïf : « Mais pourquoi tu dis ça ? »

— Et ton film, quand est-ce qu'on va le voir ?

— Je l'ai apporté en DVD.

— Il est déjà sorti en DVD ?

— Non non, c'est la production qui m'a fait une copie. Mais il va sûrement sortir dans quelques mois.

— Elle t'a dit, Marie-Pascale, qu'on t'a vu à la télé, l'autre jour ? C'est ta copine, la fille qui joue avec toi dans le film ?

Contrairement à Thomas ou Ben, je ne sentais aucune envie chez Emerson, juste une curiosité et une admiration de principe, parfaitement gratuites. Car, si le mot « cinéma » pouvait encore faire un peu rêver un garçon comme lui, vingt-deux ans, élevé et ayant toujours vécu aux

Concordines au sein d'une famille plutôt aisée, c'est-à-dire à même, de temps en temps, d'aller dépenser au marché 5 ou 6 dollars en VCD piratés de blockbusters hollywoodiens, type *X-Men* ou *Rocky Balboa*, en revanche un film de cinéma français ne lui évoquait pas grand-chose, outre la série des *Taxi* et, peut-être, les vieilles VHS de notre père, qui avait collectionné jusqu'au milieu des années 1990 tous les Louis de Funès, tous les Lelouch et les principaux Delon.

— T'es connu, alors, maintenant ?

— Bof, pas tant que ça.

— On te demande des autographes, dans la rue?

— Ça m'est arrivé une ou deux fois, oui.

— C'est tout ? Pas plus ?

— Non, mais on me reconnaît un peu, en ce moment. Par exemple, hier soir, à l'aéroport, à Paris, au moment où je faisais passer mes bagages au scanner, juste avant l'embarquement, il y a une agente qui m'a reconnu. Et quand je suis entré dans l'avion, le chef de cabine aussi il m'a reconnu, il s'est même arrangé pour me placer en classe Affaires.

— Ah bon ?

Enfin un argument concret.

— Oui, mais c'était intéressé. Pendant le vol, il est venu me draguer, il m'a demandé mon mail, des trucs comme ça.

— C'était un pédé ?

— Oui.

— Beurk.

Depuis la route, on apercevait d'assez loin le grand mur sud de la maison familiale, peint en jaune vif et sur lequel étaient inscrites en tubes de néons d'un mètre cinquante chacun les initiales TMP, pour Thomas Mac Pola. J'ai pensé au nombre de Blancs qui avaient dû juger Thomas à partir de ce seul détail, au nombre de touristes qu'il emmenait en balade avec son 4×4 pour arrondir ses divers petits business, au nombre d'associés éphémères et d'invités de passage qui, tout en lui serrant la main, avaient dû penser : « Il a un orgueil démesuré, ce type. Pour qui il se prend ? Qu'est-ce qu'il peut être ridicule, avec ses initiales sur le fronton de sa maison. On dirait un dictateur africain. »

Je m'en voulais beaucoup de penser aussi : « Mais il n'a pas conscience, Tom, que ça ne lui rend pas service, que ça dessert son image ? » Je m'en voulais à deux titres. D'abord, parce que Thomas n'avait pas à changer ses goûts, chez lui, dans son pays, en fonction des canons occidentaux du bon goût, de l'orgueil et de la morale. Il était fier de son nom, du nom de sa famille, du nom de son père, de son statut d'aîné et de chef de famille en puissance, il se tenait lui-même en haute estime et cela n'était pas un péché dans sa culture, au contraire. Et, paradoxalement, qu'il ignore ce que les Blancs pouvaient dire dans son dos à ce sujet faisait de lui, par-delà tous les complexes qu'il pouvait par ailleurs nourrir vis-à-vis d'eux, un homme libre et authentique.

Je m'en voulais surtout de le penser moi-même, que c'était grotesque, cette histoire d'initiales. Je m'en voulais de penser d'instinct comme les Blancs. De ne parvenir à comprendre Thomas qu'au prix d'un gros effort d'autosuggestion, et non pas parce que je lui ressemblais.

De la même façon, lorsqu'on a pénétré dans la cour, je m'en suis voulu de relever instinctivement en quoi celle de Thomas différait d'une cour de Blanc local. Dans une cour de Blanc résident moyen, aux Concordines, il y avait un emplacement précis réservé à la voiture, le mur de clôture était régulièrement repeint, les arbres taillés, il y avait du gazon ou du gravier qui recouvrait le sol pour prévenir les flaques et la boue pendant la saison des pluies, et une remise cadenassée pour les outils et les pièces de rechange de la voiture, l'ensemble étant raisonnablement maintenu en l'état par un gardien-jardinier homme à tout faire, employé dix heures par jour maximum, déclaré au Bureau du Travail, rémunéré au mois le double d'un fonctionnaire et très habile dans l'art de subtiliser par-ci par-là un sécateur, deux ou trois mètres de tuyau d'arrosage, un jerrycan vide ou un demi-litre d'huile de vidange neuve.

Celle de Thomas, elle, ressemblait à toute cour de Concordin un peu plus bourgeois que les autres, avec les voitures et son quad lavés chaque jour à grande eau et laissés bien en évidence sur le perron, avec les caissons d'air conditionné qui gouttaient sur le chiendent, des débarras épars de ferraille non recyclable, de larges bandes de moisissure au bas des murs écaillés, des restes de foyers allumés par les gardiens dans les encoignures, des entassements de pneus usagés, une antenne parabolique première génération à réparer en souffrance devant la terrasse, un fauteuil décharné, des bidons d'essence en réserve, des taches d'huile de moteur qui noircissaient la latérite.

Et, parce que les Concordins un peu plus bourgeois que les autres savent mieux y faire chez eux que les Blancs avec la poussière et l'hygiène, et puis qu'ils ne s'encombrent pas autant que les Blancs des états d'âme de leur personnel, cette cour et cette terrasse étaient balayées et javellisées plusieurs fois par jour à tour de rôle par deux ou trois domestiques logés à demeure depuis toujours, corvéables à merci sept jours sur sept et payés en sacs de riz ou billets de taxi-brousse pour aller visiter leur famille une fois par an, à l'autre bout du pays. Ces domestiques balayaient consciencieusement la cour et la terrasse à longueur de journée, tout comme ils avaient consciencieusement gardé, bercé, nourri et décrotté sans la ramener les enfants de Thomas et Ben bébés, tout comme ils les emmenaient désormais chaque matin à l'école avec leur goûter de dix heures, les en ramenaient chaque midi et chaque soir avec celui de cinq heures, satisfaisaient au moindre caprice de mon père lunatique et vieillissant et aux caprices de Dorys aussi chaque fois qu'ils s'incrustaient chez Thomas pour une semaine ou deux, nettoyaient quotidiennement les carrelages et les vitres de toutes les pièces de la maison, récuraient les deux salles de bains, époussetaient deux fois par jour tous les meubles et toute la vaisselle, lavaient et rangeaient trois fois par jour les assiettes, les verres et les couverts souillés d'une moyenne de huit personnes et toute la débauche de poêles et de casseroles huileuses et gratinées qui allaient avec à chaque repas, changeaient chaque semaine tous les draps et toutes les taies d'oreillers de ces huit personnes, tout cela sous la supervision impitoyable de Dorys. Ils lavaient, repassaient, parfumaient et remisaient parfaitement le linge de la famille qui séchait sur le fil, du côté de l'arrière-cuisine, des braseros et du lavoir, où, dès huit heures du matin, de retour du marché, la cuisinière triait les haricots blancs, rinçait et épluchait les légumes et les fruits, faisait mariner le bœuf ou la chèvre avec une application et une dévotion tout aussi abnégatoires. Parce qu'aux Concordines, les hiérarchies sociales brutales, c'était comme l'orgueil et l'autocélébration : ça ne choquait personne d'autre que les étrangers de passage.

J'ai fait mon entrée dans le salon derrière Emerson, qui a aussitôt ôté ses lunettes. La télé était allumée, tout le monde la surveillait en coin, dans une atmosphère de doux ennui, avec la brise de chaleur qui gonflait paresseusement les voilages fixés dans l'embrasure des portes, avec les restes d'odeur de cuisine de midi, les domestiques qui m'observaient en retrait, le claquement des balais contre les plinthes et tous ces ornements plaqués à l'emporte-pièce : les deux petites colonnes grecques mobiles en plâtre, la reproduction en broderie de *La Liseuse* de Fragonard accrochée au-dessus du canapé, un volume d'annales du *Reader's Digest*, les œuvres complètes d'Agatha Christie en collection club, *The Da Vinci Code* en anglais et *Je mange donc je maigris* de Michel Montignac rangés en ordre mou de bataille sur l'imposant meuble de télé.

Il y avait mon père et Dorys, à l'aise chez Thomas comme dans leur propre maison de Richeterre, il y avait Thomas, Ben, Patricia et Marlène, ainsi qu'un type en costume que je ne connaissais pas, assis à côté de mon père dans l'un des deux canapés, et dont l'air fiévreux et trop concentré indiquait qu'une discussion sérieuse entre hommes était en cours. Tout le monde a levé la tête vers moi, tout le monde excepté Marie-Pascale, qui n'était pas là mais que je cherchais quand même des yeux comme une bouée de sauvetage.

J'ai souri à la cantonade, j'ai posé ma valise le long du mur pour ne pas trop encombrer, comme l'aurait fait tout invité poli, quelqu'un a baissé le son de la télé et, pour bien montrer que je n'étais pas un étranger non plus dans cette maison, j'ai fait quelques pas décidés en direction de mon père. Gitane aux lèvres, il m'a lancé un trop théâtral « Ah, Antoine ! », il s'est levé et s'est légèrement avancé à ma rencontre, m'a embrassé avec ses affectations habituelles pour bien marquer le coup des retrouvailles pour la galerie, malgré sa fatigue apparente et les ravages du tabagisme. Puis il est retourné s'asseoir dans le canapé, à nouveau absent, irrémédiablement décevant avec son enthousiasme feint et de courte durée, et il a répondu à mes questions « Ça va mieux ? T'es bien ici ? Tout le monde s'occupe bien de toi ? Tu n'as besoin de rien ? », par une expression douloureuse étudiée, du genre :

« Non, ça ne va pas mieux. Mais je ne le dirai pas, je ne te remercierai pas non plus de te soucier de mon état de santé, ni même d'avoir pris en charge les frais de mon hospitalisation, je ne concéderai rien de tout ça parce que je suis un roc, parce qu'à mon âge, à près de soixante-dix ans, après l'enfance, la jeunesse et la carrière que j'ai eues, après cette enfance dont j'ai toujours tu les humiliations et que je tairai jusque dans la tombe, cette enfance de colonisé pauvre et "évolué" qui n'a eu le droit de porter des chaussures fermées à l'école qu'à partir du jour où ses notes ont été suffisamment exceptionnelles pour qu'il soit admis dans un établissement de Blancs, le seul Noir parmi trente autres têtes blanches sur cette terrible photo de classe d'avril 1947, après le tournoi inter Sud-Océan remporté par mon équipe de football en 1956, après l'indépendance en 60, après ma brève correspondance avec Frantz Fanon, mes études à Paris, mon diplôme de Sciences-po obtenu en 61, après mes articles sur le renouveau des Concordines, sur la fierté nationale, sur le traumatisme du colonisé à surmonter, l'identité à retrouver, la solution communiste, après les discours à l'université de Richeterre, après mon tout premier mandat de député de Bay County en 65, ma rencontre avec Dorys, après la naissance de Thomas, après mon poste de ministre d'État sous Powers en 71, après la rencontre avec ta mère à Paris et ta naissance à toi, après, sans doute, les rencontres d'innombrables autres femmes et les naissances d'au moins un ou deux autres enfants illégitimes qui n'ont pas eu la chance d'être reconnus par moi comme toi tu l'as été mais dont j'emporterai aussi le secret dans ma tombe, après mon année de prison en 74 sous Pastor, après ma grâce, la ruine, l'exil à St Peters, après mes années passées à la direction du personnel chez Exxon South Indies et puis mon retour à Richeterre à la chute de

Pastor, après mon retour au Parlement et mon second poste au Budget sous Williamson jusqu'en 84, après la naissance d'Emerson, après mes fonctions de sénateur, après la prospérité retrouvée et mes velléités présidentielles jusqu'au coup d'État de Lambredette en 99, après mon cancer, ma chimio en Suisse et le début du déclin personnel et financier, après toute une vie d'ambitions plus ou moins déçues, de manœuvres, de compromissions, de trahisons, de détournements de fonds publics, de pots-de-vin et de coups bas, après la complicité des sorciers et des marabouts pour et dans les coups durs, après avoir sans doute commandité en 92 l'assassinat de Travis dont personne n'aura jamais non plus la certitude tant que je serai en vie, après des humiliations et des retours de bâton en tout genre, après avoir traversé tout ça sans broncher, eh bien aujourd'hui, à l'heure d'un monde nouveau qui n'est plus le mien, d'un pays et d'un système qui ont fini par me dépasser, à l'heure de la retraite, à l'heure du repos bien mérité des anciens qui est l'heure de la mise à l'écart, de l'inactivité forcée, de la passivité, de l'ennui, de l'aigreur et des caprices de vieux dictateur en puissance, avec les titres de "Monsieur le Ministre" ou autre "Monsieur le Sénateur" que deux ou trois pauvres bougres de ma génération veulent bien encore me donner parfois en singeant un garde-à-vous, avec ma passion toujours vivace pour tous ces titres ronflants que l'on attribue à d'autres que moi désormais, avec la complicité blessée et revancharde de Dorys, fidèle tout au long de toutes ces années contre vents et marées, avec l'attention forcée et les petits soins de tous : de mes trois fils légitimes écrasés par mon autoritarisme et mon égoïsme depuis leur naissance, de mes belles-filles qui n'en pensent pas moins mais qui n'ont pas d'autre choix que de me supporter et de me respecter à chaque fois que je m'invite chez eux sans leur demander leur avis — soit une bonne moitié de l'année —, avec l'amour de mes petits-enfants qui sont les seuls à bénéficier de mon attendrissement et dont, parfois, l'effronterie à mon égard et ma clémence au leur vous laissent tous pantois, aujourd'hui, avec le respect, l'attention et l'amour que tu me témoignes toi aussi Antoine, malgré tout, toi Antoine dont je sais bien la valeur et la réussite mais lesquelles ne m'assoupliront pas d'un pouce pour autant vis-à-vis de toi parce que je suis orgueilleux, parce que je suis comme je suis, et aussi parce que, peut-être, je considère que tu es plus blanc que noir, parce qu'en étant à moitié blanc, de fait tu n'es pas un Noir, et que, pour cette raison, tout aussi bien je te hais et je t'admire, tout aussi bien je suis fier d'être ton père et tu ne seras jamais des miens, eh bien aujourd'hui, donc, après tout cela, Nelson Mac Pola a bien le droit de garder le silence, tout autant que le devoir de ne pas se plaindre. Mais, de ma mauvaise conscience, malgré cette expression d'*Après moi le déluge* que tout le monde peut lire désormais au fond de mon regard, de ma mauvaise conscience je ne vous dirai rien à tous, rien jusqu'à ma mort. »

Dorys, elle, était assise un peu plus loin, à la table de la salle à manger en bois laqué, un coussin posé sous les fesses, les coudes écartés, bovine, sans chercher le moins du monde à démentir ses allures d'allégorie de la passivité absolue. Si son statut familial, son âge et son poids la dispensaient désormais du moindre effort : de se lever pour m'accueillir, de seulement lever les yeux vers moi tandis que je m'avançais vers elle, si c'était à moi d'aller vers elle, de me pencher et de l'embrasser, je savais que sa moue d'impassibilité à mon égard était forcée, je n'avais qu'à en juger au napperon du vase à fleurs artificielles qu'elle agaçait nerveusement du bout de ses doigts. « Comwé yo, maman ? » je lui ai demandé en lui donnant du « maman » comme il fallait, en la prenant dans mes bras comme il fallait, avec le bon dosage d'affection et de respect.

Et j'aimais alors, à chaque fois que j'enlaçais avec une modeste pression cette silhouette épaisse et compacte, sentir son cœur s'accélérer légèrement, résonner encore une féminité mise à mal par quarante années passées à partager tout aussi bien l'aura que les pires secrets de mon père, s'estomper provisoirement cette rancœur de s'être fait faire un enfant dans le dos, avec une Blanche qui plus est. Au point que, provisoirement moi aussi, je finissais toujours par me demander si, au fond, elle était aussi mauvaise qu'elle voulait s'en donner l'air et quelles étaient exactement, chez elle, les parts innée et acquise de malveillance.

Avec Marlène, c'était différent. Je lui ai souri sans ambiguïté, jouant même de ce léger ascendant que m'accordait encore notre différence d'âge de quatre ans. Elle s'est levée, tout en maintenant discrètement de ses deux mains sa robe un peu trop courte contre ses cuisses, et elle m'a embrassé dans des effluves de fond de teint et de mèches synthétiques fraîchement tressées. La robe et les tresses, c'était les derniers échos d'une jeunesse à laquelle elle-même consentait encore uniquement parce que, à trente et un ans, il est quand même un peu tôt pour y renoncer totalement. Difficile, en effet, derrière son embonpoint naissant et un sourire qui cachait mal les soucis, difficile d'imaginer la jeune fille provocante qu'elle avait été entre dix-huit et vingt-trois ans, les sorties en boîte, les fringues, les garçons, les marins américains et ses deux ou trois avortements.

Désormais, je me représentais plutôt la rencontre avec Ben, les parents, les études interrompues, le mariage, finis les quatre cents coups, la naissance de Robby, la station-service en gérance pour s'occuper, la naissance de Terry dans la foulée, un foyer à gérer, un nom à mériter, pas le droit de s'opposer à la belle-mère, pas le droit de répondre, Ben aveuglément solidaire : *Ne fais pas d'histoires comme ça, c'est quand même mon père, c'est quand même ma mère*, l'église et le repas familial dominicaux en belle-famille à Richeterre, les repas dominicaux en famille à Port-Garcia, les Noëls et les anniversaires en famille, les kilos en trop qui s'accumulent, les fringues auxquelles on ne fait plus attention, les garçons qui ne matent plus, une sortie en boîte une fois par an avec les trois frères et les deux belles-sœurs pour donner l'impression qu'ils sortent leurs femmes comme de bons maris, pas le droit de broncher, *De quoi tu te plains ? Tu as tout : de l'argent, une voiture, tu as tout ce que tu veux. Tu sais où tu serais, sans ma famille ?*, et puis, dès trente ans, l'air d'en avoir quinze de plus, les rêves qui se sont évaporés depuis belle lurette et l'expression du visage qui commence, curieusement, à rappeler celle de la belle-maman si détestée, c'est le cycle infernal, la relève est assurée.

En bout de sofa, enfin, il y avait Patricia. Elle arborait un décolleté que j'ai deviné choisi non sans arrière-pensées. Elle s'est levée à son tour en me lançant par en dessous une œillade faussement ingénue que, cinq ans plus tard, mariée à Emerson et mère à son tour, elle ne s'autoriserait plus. J'ai senti qu'elle réprimait un grand sourire ému en me faisant la bise, m'offrant avec une précipitation juvénile l'extrémité de sa joue, presque l'oreille, comme pour conjurer une tentation de m'embrasser sur la bouche.

J'aimais, je dois avouer, incarner à ses yeux, comme, dans une moindre mesure, à ceux de Marlène et de Dorys aussi, une sorte de rêve inaccessible : un homme beau, doux, attentionné, galant, riche et vivant dans un pays de cocagne. J'aimais incarner cette preuve que les hommes ne sont pas tous brutaux et machos. Passer pour celui qui, tout à la fois, rachète et élimine tous les autres hommes, l'exception qui confirme la règle. Les faire rêver un peu, fût-ce au prix d'accentuer leur désespoir, fût-ce sur le dos de mes propres frères et de mon père.

La bise à Patricia à peine terminée, j'ai tourné la tête en direction du sofa des hommes. Dans un même mouvement, parfaitement synchronisé, Thomas, Ben et mon père, qui étaient précisément en train de me regarder sans tendresse particulière et sans se douter que je me retournerais aussi vite, tous les trois ont baissé machinalement les yeux vers les dossiers éparpillés sur la petite table à leurs pieds, comme s'ils n'avaient rien vu.

— C'est vrai ? Tu vas te présenter aux élections ? Tu organises un meeting ? C'est cool, ça !

Je n'en pensais pas un mot. Impossible pour moi de me figurer Thomas en maire. Pas en maire sérieux en tout cas, avec ses sweats à capuche NYPD, sa chaîne en or, son crâne rasé et son gabarit de boxeur poids lourd.

— Ouais.

Je ne sais pas pourquoi, inlassablement, j'insistais pour tenter de créer un dialogue avec lui, malgré sa réticence. Par défi narcissique ou bien en vertu d'un authentique besoin de me rapprocher de lui ? Même si je me sentais plus distancié et plus policé que lui, il n'en restait pas moins mon aîné et, même buté et sans concession, son caractère, sa puissance me fascinaient et me donnaient envie de lui plaire.

— Bon, a repris l'homme en costume à l'adresse de Thomas une fois que je les eus rejoints dans le canapé un peu maladroitement, sans y avoir été invité, bon : wi mék wot bot zy t-shirts ?

— Tu ne peux pas parler français, Barnaby? est intervenu mon père, qui, tout en me désignant d'une main désinvolte, simulait un air réprobateur à l'égard de l'homme.

En soulignant ainsi ma méconnaissance du créole, il me mettait à l'épreuve. J'ai tenté de me défendre :

— No pwob, Seu'. Yo tok seulmin kom yo want. Mwin sé deustinde kwéol. Mwin pa li tok wel bat mwin deustinde pweti goud.

— En ce qui concerne les t-shirts, a insisté Thomas en français pour bien me renvoyer dans les cordes et m'y maintenir, en ce qui concerne les t-shirts, on avait deux solutions.

— Oui, l'a relayé Ben, qui voulait la jouer assistant de campagne efficace et pragmatique, dans les deux cas, c'est avec la photo et le slogan imprimés. Il y a le premier choix, en bon coton : à partir de 1 000 exemplaires, c'est 2 dollars et 10 cents pièce. Et puis, il y a le deuxième choix, qui est moins résistant, à 1 dollar 20 pièce.

— J'ai commandé 1 000 exemplaires de deuxième choix pour après-demain, a conclu Thomas.

— Et pourquoi pas le premier choix? a grogné mon père dans son coin.

Il s'est redressé et a tourné la tête vers Thomas :

— Tu prends les gens pour des cons? il s'est emporté en tentant de reproduire un *cons* plus français que nature, sans doute pour m'impressionner. Tu sais que le Concordin sait reconnaître la qualité d'un vêtement. Tu sais qu'il aime ça, tu sais qu'il aime se montrer avec de belles matières, tu sais que c'est important pour lui. Pourquoi tu veux lui prendre du deuxième choix ? Tu veux perdre l'élection, c'est ça ?

Thomas a répondu avec une patience qu'il ne réservait qu'à son père :

— Non, papa. C'est parce que si on économise sur les t-shirts, David nous laissera utiliser la différence sur autre chose. Sur la sono, par exemple, ou des banderoles supplémentaires.

Mon père a eu un petit rire ironique :

— Pfff… C'est ça, ton sponsor ? Un type qui pinaille sur 1 000 dollars ? Eh ben t'es pas prêt d'y arriver, avec un radin pareil. Ils nous avaient habitués à d'autres fastes, les Blancs, en matière d'organisation…

Après ce type de sortie, j'avais envie de dire plusieurs choses à mon père. J'avais tout d'abord envie de lui dire : « Mais pourquoi ce besoin, tout le temps, de tout nous gâcher, papa ? Tu as fait ton temps, laisse-nous le nôtre. » J'avais envie de lui dire : « De toute façon, tes sarcasmes ne font que trahir ta jalousie et ton sentiment d'impuissance. Tu as avancé le moindre sou, toi, pour la campagne de Thomas ? » Mais, surtout, j'avais envie de lui dire : « Mais pourquoi tu ne le leur dis jamais en face tout le mal que tu penses d'eux, aux Blancs ? Tu les critiques tant que tu peux, mais, au fond, tu en as peur. Pourquoi t'acharnestu à ce point dans leur dos si, à chaque fois que tu en as l'occasion avec eux, même en présence des plus parfaits abrutis, même en ma présence à moi, comme si j'étais un étranger de passage, tu éprouves le besoin de sortir le grand jeu, de placer ton subjonctif de l'imparfait, de réciter ton Lamartine, d'imiter ton Giscard d'Estaing, de faire mine de pleurer ton bon vieux temps de la soupe aux oignons des Halles, en affectant cet accent titi parisien qui te va si mal ? Tu ne te rends pas compte que tu te ridiculises, que tu te fous à ras de terre, à chercher à tout prix leurs rires et leur admiration ? À te montrer envers eux si reconnaissant de l'attention qu'ils veulent bien te porter ? Ce *Mental Slavery* chanté par Bob Marley et que tu dénonces si souvent chez les autres, eh bien tu es toi-même en plein dedans, papa, toi le premier, tu n'en es même sans doute jamais sorti depuis l'école primaire. C'est tragique, ça donne le vertige, ça me donne même envie parfois de pleurer, quand j'y pense. Mais, merde, fais un effort, fais quelque chose, fais-le au moins pour nous ! »

— Bot zi musik alor ? a repris Barnaby, qui devait certainement peiner avec le français, Bot zi musik, vozot lavé tawanjé wid Les Partysans ?

— Oui, a confirmé Ben, ils ont dit O.K., j'ai encore confirmé avec le chanteur au téléphone avant-hier. Il y a toujours le chauffeur du car qui demande une avance pour l'essence. On fait quoi pour ça, Thomas ? Je lui donne 50 dollars ?

— Pourquoi vous avez pas demandé à Kool Jega ? est de nouveau intervenu mon père.

— Kool Jega, il va jouer pour Friedricks, a regretté Ben tout en surveillant d'un œil douloureux la réaction de Thomas. Mais, Les Partysans, ils sont bons aussi. Les gens, ils connaissent.

— Ha ! s'est illuminé mon père avec un sourire mauvais, Kool Jega roule pour Friedricks ? Ha ! Alors là, mon Tom, s'il a Kool Jega sur son podium, Friedricks, tu peux laisser tomber tout de suite ! Yo laka seulmin ték la pelle, sta't creuzé zi hole et talonjé direk inside !

Il jubilait carrément.

— Oui, mais nous, papa, nous en plus on fait barbecue, s'est défendu Ben le plus sérieusement du monde : une saucisse par personne pour les cinq cents premiers, une supplémentaire par famille à partir de six personnes. Friedricks, lui, il a peut-être Kool Jega, mais il a pas de saucisses, il a rien à proposer pour manger, rien !

Je craignais qu'un silence écrasant ne s'installe :

— Il y a quelque chose que je pourrais faire, Tom ? Je sais pas, moi, vous avez pensé à un vidéoprojecteur, à un écran géant, à passer des clips, des dessins animés, de belles actions de foot, des choses comme ça ? Ça pourrait être pas mal, entre les discours. Les gens, ils aiment bien ça, ici, non ? Je peux participer à la location de matériel, ou autre chose. Je peux faire ce que vous voulez, ça me ferait plaisir, vraiment.

J'avais suggéré tout cela avec toute l'humilité du monde, comme une proposition en passant, l'air de rien, parce que je ne voulais surtout pas donner l'impression de donner des leçons d'organisation.

Le silence général qui a suivi indiquait, tout à la fois, l'embarras de ne pas avoir envisagé plus tôt ce type de détail, et la volonté de faire passer cet embarras pour un air dubitatif.

— Faut voir, a grommelé Ben, qui attendait manifestement une réaction de Thomas pour se prononcer.

Quant à mon père, il cherchait obstinément à éviter mon regard, comme chaque fois qu'il avait de bonnes raisons de se sentir fier de moi.

— Et toi ? s'est finalement décidé Thomas en se tournant vers moi, tu pourrais pas faire quelque chose, *toi* ?

— Comment ça, *faire quelque chose* ?

— Une pièce, une impro, je sais pas comment tu appelles ça. T'es acteur, non ?

Ça me décourageait d'avance. Je ne me sentais ni la volonté, ni la conviction de réfléchir à un truc marrant à exécuter sur scène pour donner à Thomas une chance supplémentaire d'être élu maire. Ce n'était pas tant l'enjeu en soi que la perspective de m'adapter à un public dont je ne maîtrisais pas assez bien la langue et que je me sentais incapable de distraire, avec ma conception tellement française, tellement parisienne, du spectacle.

— Euh, pas de problème, j'ai néanmoins souri, comme si cela allait de soi. Faudra juste que j'y réfléchisse un peu avant. Mais, pas de problème. Avec plaisir, même. C'est quand, au fait, cette journée des candidats ? J'espère que ça tombe avant mon retour à Paris.

— C'est samedi.

— Aïe, je repars le 18.

— Non, c'est ce samedi-là, le 12.

Pour qu'on puisse se parler tranquillement, sans que ça jase, Marie-Pascale m'avait donné rendez-vous dans un lieu neutre, à la cafétéria de l'Alliance française, où elle enseignait une demi-douzaine d'heures par semaine en complément de ses cours à l'université et dans un institut privé. Notre complicité était celle d'un beau-frère et d'une belle-sœur qui, pour compenser le fait qu'il leur était interdit de coucher ensemble, abordaient les sujets les plus intimes avec une franchise qui nous procurait, à l'un comme à l'autre, des frissons quasi érotiques.

C'est moi qui ai commencé à lui parler du mail d'Elvira que j'avais reçu la veille. Un mail dans lequel elle me disait simplement : « Salut Antoine. Je n'arrive pas à dormir, je suis devant mon ordinateur, en train de faire un peu de classement. Je viens de tomber sur nos photos au Portugal et j'ai réalisé que ça fait quatre mois que je n'ai plus aucune nouvelle de toi. Je sais que tu m'as demandé de ne plus t'écrire, mais je pense qu'après ce qu'on a vécu ensemble, il serait logique de rester bons amis. Si tu refuses, je n'insisterai pas. Je t'embrasse et je pense à toi. Elvira. »

C'était un mail assez banal mais, comme un ado, je m'employais depuis vingt-quatre heures à décortiquer chaque mot pour tenter d'y trouver une déclaration d'amour cachée, une forme orgueilleuse de repentir. Je l'ai dit à Marie-Pascale, je lui ai dit :

— Je sais bien que, si ça se trouve, il ne veut rien dire d'autre que ce qu'il dit, ce mail. Mais tu crois pas que le fait qu'elle n'arrive pas à dormir, que, comme par hasard, elle tombe sur nos photos en rangeant son ordi, qu'elle insiste pour m'écrire malgré la demande claire que je lui ai faite de ne plus me donner de nouvelles quand elle m'a quitté, tu ne crois pas que tout ça, ça veut dire quelque chose ? Sans compter que, si elle ne dort pas et qu'elle prend le temps de m'écrire, ça veut dire qu'elle n'a pas de mec en ce moment, où qu'elle vient d'en larguer un qui l'a déçue et qu'elle commence à me regretter ? Et *Je t'embrasse et je pense à toi*, qu'est-ce que ça veut dire exactement, *Je t'embrasse et je pense à toi*, hein ?

Je lui ai dit que j'avais bien conscience que mon affolement était parfaitement ridicule, mais que j'avais besoin de lui en parler pour canaliser ce trop-plein d'émotion. Il fallait me comprendre : cela faisait quatre mois que, plusieurs fois par jour, j'allais consulter mes mails dans le seul but de trouver un message d'Elvira. J'y pensais sans cesse et, maintenant que je venais d'en recevoir un, de mail, eh bien je ne savais pas s'il comblait mes attentes ou m'enfonçait encore plus. J'avais besoin de son avis de fille parce que, en tant que fille, elle m'aiderait peut-être à comprendre. Qu'est-ce que ça voulait dire ? C'était quoi ? Une envie de revenir vers moi qui n'osait pas le dire ? De la perversité ? Un geste complètement innocent qui ne se doutait pas des effets, de la déception et de la tristesse qu'il pouvait engendrer ? Parce que je le lui avais demandé clairement, merde, de ne plus m'écrire !

Marie-Pascale, dont j'aurais tellement aimé qu'elle me dise des choses agréables et rassurantes, mais dont je devinais déjà la réponse parce que c'était la seule réponse raisonnable, Marie-Pascale m'a fait comprendre, avec ses mots simples à elle, qu'il ne fallait surtout pas que je me fasse trop d'illusions. Ça ne voulait rien dire du tout, ce mail pouvait tout aussi bien être amical que destiné, pour Elvira, à ne pas se faire oublier, et elle n'y voyait pas tant de l'amour qu'une sorte de jeu un peu puéril et narcissique de sa part. Il ne fallait surtout pas que je m'emballe, il ne fallait surtout pas que je réponde trop vite. Il fallait la faire un peu mariner, c'était comme ça qu'il fallait faire avec les filles.

Je lui ai dit :

— C'est trop tard, j'ai déjà répondu, j'ai pas pu m'en empêcher. Et puis, de toute façon, ça m'énerve, cette obligation de toujours savoir se montrer stratégique en amour. Pourquoi on ne pourrait pas rester soi-même, tranquillement, et se faire accepter et aimer tel qu'on est?

Marie-Pascale n'a pas été en mesure de répondre à cela, mais son silence signifiait quelque chose comme : « Je vois ce que tu veux dire. C'est bien joli, comme idéal, mais les choses sont ainsi faites. C'est injuste, mais c'est comme ça. »

Elle m'a demandé, en revanche, ce que j'avais, moi, écrit dans mon mail. J'ai répondu que j'avais commencé par dire à Elvira que ça me faisait bizarre, de recevoir ma première lettre d'elle qui ne soit pas une lettre d'amour, une lettre neutre commençant par « Hello Antoine » plutôt que « Mi amor » ou « Mi corazón ». Je lui ai dit que j'avais écrit un mail qui disait la vérité, mais avec dignité. Pour résumer, je disais à Elvira que je cherchais à l'oublier. Que je voyais des amis, que je travaillais, que je riais, que je sortais, que j'allais danser, que j'avais même couché avec plusieurs filles pour m'étourdir, que j'y avais pris du plaisir, que c'était enivrant, qu'il y en avait même qui auraient bien demandé davantage mais que rien ne valait le temps où nos étions ensemble elle et moi, que j'essayais de prendre la vie du bon côté sans passer mon temps à me morfondre et que ça marchait, qu'il m'arrivait parfois de ne pas penser à elle pendant une journée entière, bref, que j'étais toujours amoureux mais sans violence, que je me soignais, que j'étais sur le chemin de la guérison.

J'avais écrit aussi, plus hypocritement : « Une relation amicale ? Eh bien pourquoi pas ? De toute façon, même s'il était question de revenir ensemble, je dirais non parce que quelque chose est désormais cassé entre nous. Parce que, plus je pense à toi, plus je me dis que je ne t'ai pas aussi bien connue que j'en avais le sentiment lorsque nous étions ensemble, que nous sommes toi et moi davantage étrangers l'un à l'autre que je ne me l'étais imaginé. » Sous-entendu : je t'ai perdue, mais ce n'est peut-être pas si grave que ça. Et vlan ! Je finissais la lettre en l'invitant, ainsi, à me parler de sa vie, de son job, de ses études, de nos ex-amis communs, de sa famille et, pourquoi pas, aussi, de sa vie sentimentale, comme à un bon vieux pote.

J'ai conclu sur le sujet en disant qu'au fond, je ne devais plus être aussi amoureux que cela d'Elvira et que je ne l'avais peut-être même jamais été autant que je l'avais cru. Tout ce qu'elle remuait encore en moi aujourd'hui ressemblait aux derniers soubresauts de mon excessive sensibilité, ce sentimentalisme dont Ben et Thomas me faisaient noter dès qu'ils en avaient l'occasion que c'était bien un truc de Blancs (« Noir dehors, Blanc dedans : t'es vraiment un Bounty, Antoine »), tout comme ma façon de penser et de m'exprimer en général (« Tu te poses trop de questions, Antoine »). J'ai dit que je ne me sentais plus aujourd'hui capable, comme lorsque j'avais vingt-cinq ans, de me mettre dans des états seconds pour une fille, parce qu'il semblait bien qu'il y avait un âge pour la déraison et la passion amoureuse. « Et puis un jour, on passe à autre chose, on se calme, on prend de la distance, on se met à vivre ses histoires de cœur plus raisonnablement, avec un fatalisme serein. Moins de rêve, certes, mais aussi moins de souffrance. La vie, à ce titre, elle est plutôt bien faite, heureusement. »

Marie-Pascale approuvait en silence, mais je sentais bien que mon discours la plongeait dans des réflexions parallèles, plus préoccupées. C'est comme ça qu'elle a fini par m'avouer qu'elle avait un amant, dont elle a, dans un premier temps, refusé de me donner le nom : « C'est parce que j'en peux plus, Antoine, je te jure, j'en peux plus. » Elle ne me l'a pas dit d'un ton exaspéré, comme en France, où l'on a besoin de gonfler les mots comme des ballons de baudruche pour donner un peu de relief à une réalité banale. Elle l'a dit, tout au contraire, d'un ton presque d'excuse, comme quelqu'un qui n'a recours à une expression toute faite que parce que les mots seront toujours en deçà de sa réalité.

Elle m'a dit que Thomas avait beaucoup changé depuis qu'ils étaient rentrés de France tous les deux, qu'il avait pris de mauvaises habitudes sous l'influence de mon père et de son entourage. « Il était gentil, quand on était à Nancy, vraiment. On était tous les deux, je faisais ma formation, il faisait ses petits boulots, on vivait simplement. C'est vrai qu'on n'avait pas beaucoup d'argent, mais au moins on avait notre petit chez-nous, on vivait bien tranquilles, sans personne pour nous dire ce qu'on devait faire. Tu te rappelles comme on s'entendait bien, quand tu étais venu nous voir ? »

J'avais envie de lui répondre : « Mais ça fait presque sept ans, que vous êtes "rentrés", Marie-Pascale. » Elle m'a dit que Thomas entraînait Ben et Emerson en boîte tous les vendredis soir, que les femmes n'avaient pas le droit de suivre :

— On n'a même pas le droit de demander ce qu'ils ont fait quand ils ne sont pas rentrés de la nuit, quand ils décident sur un coup de tête de partir pour trois jours à B-Bay, comme ça, sans prévenir. On n'a pas le droit de demander ce qu'ils ont fait, même si on le sait très bien, ce qu'ils ont fait, à B-Bay. Les ragots, ils arrivent jusqu'à Port-Garcia, tout se sait, surtout à propos des coucheries. Dans ces cas-là, inutile de se plaindre à quiconque, ton père ne veut rien savoir, il s'en fiche. Quant à Dorys, ce n'est même pas la peine, tu la connais quand il s'agit de ses fils. Marlène et Patricia, elles osent encore moins que moi, elles sont habituées, elles ont pas été en France, elles sont beaucoup plus soumises que moi. Ma mère et mes sœurs habitent trop loin, leur téléphoner à chaque fois que ça va pas, c'est pas possible, c'est trop cher, elles ne peuvent que compatir, tu ne peux pas savoir comme je me sens seule. Par contre, à Pâques, à Noël, à la Fête de l'Indépendance, aux anniversaires, aux cinquante ans de mariage des parents, là, on est bien contents de les trouver, les belles-filles, pour leur demander de tout organiser pour les week-ends au bungalow : les parents à aller chercher en voiture à Richeterre, les kilos de viande, les légumes et le riz à acheter et préparer dès la veille pour les pique-niques, les vêtements des parents, des maris, des enfants, les draps à préparer pour les lits de tout le monde, et avec l'argent de qui ? Tu crois qu'il débourse un cent, ton père, pour les week-ends ? Il y a quasi tout mon salaire qui y passe, Antoine, comme il y a aussi celui de Marlène. À chaque fois, on partage en trois, mais comme c'est Tom et moi qui avons le plus d'argent, c'est nous qui donnons le plus, c'est comme ça, on n'a pas le choix : « Les parents, c'est sacré », c'est lui qui le dit. Mon argent, je ne peux même pas en disposer comme je veux pour mon propre ménage. Les 130 dollars que je gagne tous les mois avec les cours, c'est direct pour les cigarettes de ton père, l'essence du camion, le forfait téléphonique de Tom. Tu sais qu'en plus j'ai dû me battre pour qu'il me laisse travailler, Tom ? Il voulait que je reste à la maison. Il sait très bien que je n'aime pas Port-Garcia, que je m'ennuie, que j'ai pas d'amis, que ma famille est loin, mais, des fois, il me dit encore : « Pourquoi tu veux travailler ? » Il veut me donner l'impression de me faire une fleur en me laissant travailler. Non seulement je travaille pour avoir un peu de liberté, mais en plus, je n'en vois pas la couleur, de mon argent. Mes sœurs me disent de le laisser tomber, elles m'ont dit de prendre les gosses avec moi et de venir les rejoindre en France, elles sont même prêtes à nous payer le billet, à moi et aux enfants. Et quand j'ai dit à Tom que j'en avais marre, que je voulais divorcer, tu sais ce qu'il m'a répondu ? Il m'a dit : « Tu peux partir. C'est comme tu veux, vas-y, je m'en fous, j'ai pas besoin de toi. Mais je te préviens, Warren et Mélissa, eux, ils bougent pas. Tu pars : tu dis au revoir aux enfants. » Tu imagines ? Il m'a dit : « Et ne t'avise surtout pas d'essayer de t'enfuir avec eux. Tu bouges avec eux : tu passes pas l'immigration à l'aéroport, tu montes pas dans le bateau, ils seront déjà au courant aux guichets, je les connais tous. Tu prends la voiture : t'arrives même pas à Sainte-Grâce, je t'envoie tous les flics au cul. » Si tu savais comme je regrette la France.

C'est en parlant de la France, je crois, c'est en me disant combien elle avait été heureuse là-bas pendant les quatre ans qu'ils y avaient passés avec Tom, combien avec le recul elle jugeait les Français moins fermés et moins racistes qu'on ne le disait, accueillants et généreux même, c'est en me disant précisément, je m'en souviens : « Des fois, je t'envie d'avoir été élevé par une mère française », que je lui ai répondu que ce qu'elle disait de la France n'était pas faux, mais qu'il fallait quand même mettre un ou deux bémols à cette histoire d'éducation, qu'il ne fallait pas non plus trop idéaliser. J'ai commencé par lui dire qu'en

France, la société a beau entre guillemets évoluer, ton métissage, ta couleur, c'est dès tout petit qu'on te les fait sentir, y compris au sein de ta propre famille blanche, surtout, je dirais, au sein de ta propre famille blanche, malgré toutes les précautions qu'on peut prendre pour ne pas commettre d'impair.

Je lui ai dit que ça commençait par de toutes petites choses. Par exemple, par la façon dont tes oncles et tes grands-parents te disaient de bien te tenir à table, avec un air et des mots imperceptiblement plus durs que ceux qu'on employait pour signifier la même chose à tes cousins blancs du même âge que toi. Ces regards et ces mots plus blessants, plus féroces, tu ne les décodes pas à l'âge de cinq ans, bien sûr. Mais tu saisis déjà d'instinct qu'ils sont liés à ta couleur, au fait que, dans l'imaginaire d'un Blanc, mal se tenir à table paraît certainement plus difficile à éradiquer chez un enfant à moitié noir, parce que les manières barbares sont forcément inscrites dans son code génétique. Idem pour le bain qu'on refuse d'aller prendre, les rires trop sonores en public, les grimaces, les gros mots, le manque de logique, le manque de volonté, le manque de mémoire ou la paresse : à cinq ans, ta famille blanche ne rigole pas avec ça avec toi comme elle en rigole avec ses propres rejetons blancs.

Tout cela fait que, tout gamin, donc, tu as déjà le sentiment d'être un peu isolé, face à ce bloc uniforme de visages clairs, d'yeux clairs et de cheveux raides, où chacun affiche cette assurance d'être naturellement doté des attributs physiques les plus enviables de la race humaine, où chacun tire sans le savoir sa force et sa confiance en lui de cette conviction-là. On a beau t'offrir les mêmes cadeaux qu'à tes cousins à Noël, t'inscrire dans les mêmes écoles, aux mêmes cours de piano, t'emmener visiter les mêmes musées, ne pas t'oublier sur la photo de famille, te prendre dans les bras et te faire des câlins comme aux autres, tu ne peux pas t'empêcher de ne pas te sentir assez blond, avec ta peau trop sombre, tes yeux trop marron et tes cheveux trop bouclés.

Et tout cela est d'autant plus déroutant que tu as le sentiment que ta propre mère ne prend pas vraiment ta défense. C'est ta mère, bien sûr, c'est la personne que tu aimes le plus au monde et tu es certainement celui qu'elle aime le plus au monde aussi. Elle te gâte et te chérit, elle s'occupe de toi et t'aime comme personne ne t'a jamais aimé. Mais, de façon tout aussi imperceptible, à chaque fois que tes oncles, tes tantes ou tes grands-parents te disent : « Ici, on ne se tient pas comme ça. Où tu as appris à te tenir comme ça ? », ou bien : « Non, on ne parle pas comme ça, ce sont les voyous qui parlent comme ça », tu constates qu'elle laisse faire, qu'elle ne proteste pas, qu'elle ne dit pas à ses frères ou à ses parents : « Tu pourrais parler un peu plus gentiment à Antoine, s'il te plaît ? Tu peux lui faire les reproches que tu veux, c'est aussi ton rôle de lui enseigner les bonnes manières, mais pourquoi avoir besoin de préciser *ici on*, comme s'il n'était pas chez lui dans cette maison ? Je le leur dis, moi, à tes enfants, *ici on* ? »

Le problème n'est même pas qu'elle laisse faire sans protester, d'ailleurs. C'est que, par lâcheté sans doute, elle choisit d'abonder dans le sens des siens, de surenchérir, même. Par moments, en effet, il lui arrive de te regarder à son tour avec des yeux et des mots encore plus durs que les leurs parce qu'elle ne peut naturellement pas s'opposer à ces gens qui lui ressemblent tant, et qui te font penser qu'ils sont, au bout du compte, peut-être davantage les siens que toi tu n'es le sien. Parce que tu sais d'instinct que, tout au fond d'elle-même, toute mère irréprochable et aimante qu'elle soit, tout au fond d'elle-même l'idée d'avoir engendré un être qui lui ressemble pour moitié si peu l'horrifie plus qu'elle n'osera jamais se l'avouer elle-même.

Et, un peu plus tard, lorsque tu arrives en âge de laisser traîner tes oreilles dans les conversations d'adultes sans qu'ils se doutent que tu en saisis, sinon le sens, au moins le ton, un peu plus tard, lorsque tu entends dans la bouche des membres de ta famille de Blancs des mots comme « Afrique », « Tiers-monde », « Colonisation », « Blacks » ou encore « Immigrés », quelque chose dans leurs sourires paternalistes et leurs mines entendues te fait comprendre que ces mots ne sont pas aussi neutres qu'ils en ont l'air, que ces mots ne te regardent pas, ou bien qu'ils te regardent de haut, bref, que ces mots ne t'appartiennent pas et ne veulent pas de toi.

— Alors, oui, c'est vrai, c'est ma famille blanche qui m'a élevé, logé, nourri, donné de l'amour et m'a permis peut-être de devenir ce que je suis devenu aujourd'hui, y compris donné la possibilité de leur dire merde. Mais, tu sais, à choisir, je me suis parfois demandé si je ne préférais pas encore la gueule que Tom et Papa me tirent. Parce que, dans cette gueule pleine d'orgueil et parfois pleine de rejet, je sais qu'au moins il n'y a pas la moindre once de mépris.

— Et les filles noires, m'a interrompu dans un demi-sourire Marie-Pascale, qui voulait revenir à des considérations plus triviales, les filles noires, c'est toujours pas ton truc ?

— Ben, faut croire que non. Je sais pas, il y a un déclic qui se fait pas.

— Elles ne ressemblent pas assez à Maman, c'est ça ? Elles te font peur ? *Au secours, Maman !*, c'est ça ?

— Oui, ça doit être ça.

— T'as tort, elle m'a lancé avec une œillade exagérément suggestive. Tu passes peut-être à côté de quelque chose.

On a ri tous les deux.

Elle se retenait sans doute de me demander plus sérieusement, comme la plupart des filles noires qui nourrissaient sur la question un sentiment ambigu de condescendance et de fascination, si je ne trouvais pas les Blanches un peu fades, un peu trop coincées, geignardes, mesquines, pas marrantes, pas courageuses. À quoi je lui aurais répondu que oui, les Blanches étaient peut-être moins marrantes et moins généreuses que les filles noires, qu'elles se plaignaient pour un oui ou pour un non, qu'elles ridaient davantage que les filles noires avec l'âge et qu'elles avaient souvent le cul plat, oui. Mais que le fait que je sois métis — donc noir à leurs yeux — avait pour effet positif de les inciter à me donner le meilleur d'elles-mêmes, à en faire des tonnes en sens inverse, à vouloir se montrer à la hauteur des Noires qu'elles s'imaginaient, justement, plus marrantes, plus courageuses, plus impétueuses au lit que les Blanches. Que tout ça, ajouté à mon attirance naturelle pour les filles blanches, de préférence blondes — « Eh oui, c'est comme ça, j'y peux rien » —, eh bien, c'était tout bénef pour moi.

— Et toi, les Blancs ? j'ai demandé.

— Ben…

— Non ! Il est blanc, l'amant ?

— Ben…

— Waaah ! Nooon ! C'est qui ?

Elle m'a avoué, avec cette expression du visage qui se serait traduite par un rougissement chez une Blanche, qu'il s'agissait de David Haedens, le Belge. Devant ma stupéfaction (je me suis dit : « Il ne faut pas chercher à comprendre : le mystère des attirances interraciales est insondable »), devant ma stupéfaction, donc, elle m'a expliqué qu'il ne fallait pas le juger trop vite, qu'il n'était pas si mal que ça, qu'il fallait le connaître de près pour l'apprécier, que lui au moins il était gentil et généreux avec elle (« C'est pour ça qu'on veut toutes être avec des Blancs, Antoine : ils sont peut-être moins sexy, mais ils nous respectent plus »).

Au moment où elle ajoutait qu'elle comptait sur moi pour tenir ma langue sinon c'en était fini pour elle (« Non, vraiment, je suis sérieuse, tu peux pas savoir les… *stratagèmes* ? c'est comme ça qu'on dit ? les stratagèmes pas possibles qu'on invente pour arriver à se voir, il faut surtout pas que ça se sache »), au moment donc où je comprenais enfin la vraie raison qui poussait ce David à financer les affiches, les 1 000 t-shirts et les saucisses de Thomas, une fille de vingt-cinq, vingt-six ans est entrée et s'est dirigée directement vers notre table. Elle évoluait dans les lieux comme chez elle, avec cette aisance et cet enthousiasme un rien dominateur propres aux expatriés. Marie-Pascale me l'a présentée comme Sandrine, la directrice adjointe de l'Alliance française, qui était aussi devenue une amie.

J'aimais sa façon de me parler sans me quitter une seconde des yeux, qui relevait à l'évidence d'un naturel ouvert et franc plutôt que d'une tentative obstinée de séduction. Elle m'a dit que Marie-Pascale lui avait beaucoup parlé de moi, qu'elle trouvait cela extraordinaire que je sois de passage ici, qu'elle avait vu un peu par hasard *White Stuff* juste avant de partir en poste et qu'elle avait adoré. Elle a ajouté qu'en plus de ses cours et du travail administratif, elle animait une émission de radio au sein de l'Alliance depuis septembre, qu'elle débutait, qu'elle faisait ça en amateur, sans aucune autre prétention que de s'amuser et d'essayer d'intéresser quelques rares auditeurs à la culture française, et que ce serait super si j'acceptais qu'elle m'invite pour une interview : « C'est vendredi de 19 à 20 h 30, ça serait vraiment génial si vous pouviez. »

Bien évidemment, j'ai accepté. Parce que, comme Bernard Mélikian, Sandrine me l'avait demandé sans façons. Parce qu'on était aux Concordines et que cela était important pour moi, même sans autre enjeu qu'affectif. Mais, surtout, j'ai accepté parce que j'aimais l'air sain, positif et volontaire de cette fille, pleine d'une énergie qui laissait présager, dans un lit, un bel esprit d'aventure.

Le studio était très sommairement équipé. Cependant, son capitonnage de fortune, la veilleuse penchée sur la table de mixage du technicien, la clim sonore et, surtout, le fait de savoir qu'une nuit chaude et claire était tombée à l'extérieur, sur les voûtes et les terrasses coloniales en décrépitude, à des milliers de kilomètres de l'hiver, avec l'océan à côté, avec les braseros des vendeurs de brochettes et les mini-transistors grésillant du reggae sur le trottoir, avec les Portugarciens qui sortaient juste de la douche, vêtus et parfumés pour la soirée, tout cela donnait à la situation un côté rassurant et ouaté, quasi onirique.

Sandrine se débrouillait comme elle pouvait et ça ne manquait pas de charme :

« Chers tous, bonsoir et bienvenue, merci d'être à l'écoute de "Destination France", c'est Sandrine au micro, Donny à la technique : salut Donny, ça va ? Il a encore fait chaud aujourd'hui, hein ? Avant de commencer l'émission de ce soir, émission très spéciale vous verrez — j'ai une grosse surprise pour vous, enfin, une grosse surprise pour ceux qui connaissent notre invité… Ah, zut! j'ai vendu la mèche, je ne voulais pas vous le dire, que c'était un invité… J'ai donc un invité très spécial dans le studio et vous le découvrirez dans quelques instants, c'est donc pas le moment de quitter votre poste, restez à l'écoute et… qu'est-ce que je voulais dire déjà? Merd… Oh, pardon! ça ne se dit pas à la radio, ça, je vous demande pardon, je vais me faire gronder par mon directeur s'il m'écoute. Mais comme il est en vacances en ce moment ça m'étonnerait qu'il m'écoute, hi hi hi!, en tout cas s'il y a des enfants qui écoutent, ne répétez pas ça, les enfants, c'est pas beau, c'est un gros mot, et avec tout ça je ne me souviens plus de ce que je voulais vous dire… Ah, oui! Je voulais m'adresser à ceux d'entre vous qui sont abonnés à la bibliothèque de l'Alliance, ou plutôt à ceux qui ont emprunté des livres et qui ont entre guillemets oublié de les rapporter, je vous le demande : rapportez-les s'il vous plaît, pensez aux autres lecteurs, ça nous fait très plaisir que vous lisiez mais, l'intérêt d'une bibliothèque, c'est de laisser le plus grand choix possible de livres pour tous. Alors, si vous ne les rapportez pas, la bibliothèque ne fonctionne plus, voilà, pensez-y, s'il vous plaît, le message est transmis. »

Sur le même ton, elle a également lancé la question culture de la semaine (« Quel auteur français a écrit *Les Lettres de mon moulin*? Les deux premières personnes qui appelleront et qui auront trouvé la bonne réponse gagneront un exemplaire illustré de ce livre »), elle a rappelé les coordonnées téléphoniques de la station, a informé ceux qui, parmi les auditeurs, seraient des étudiants du niveau 4 que le cours de lundi serait annulé et remplacé, puis elle a demandé à Donny d'envoyer *Les Couleurs de l'amour*, des sœurs Native.

Tandis que la chanson démarrait, je lui ai dit en *off* : « C'est marrant, que tu passes cette chanson, elle date de 1997. Tu la connais depuis longtemps ? Sans indiscrétion, tu avais quel âge, en 1997 ? » Elle s'est étonnée en riant que je connaisse l'année précise de sortie du CD et a fait le calcul : « Alors, en 1997, eh ben j'avais, euh, j'avais treize… non, quatorze ans. »

J'ai réalisé qu'à la même époque, j'en avais douze de plus. Elle était alors à peine une adolescente et tout cela ne nous empêchait pas aujourd'hui, l'un comme l'autre, d'espérer finir la nuit ensemble. « L'âge est une notion à la fois négligeable et obsédante », je me suis dit. Et on a ainsi conversé, comme s'il n'y avait pas entre nous une table ronde et deux micros, jusqu'à la fin de la chanson. Puis, sur un signe de Donny, elle a remis son casque et elle a pris un premier appel, qui a donné *Molière* pour réponse. « Ah non, c'est pas Molière, c'est un auteur plus récent. » Immédiatement après, un second auditeur a proposé *Don Quichotte*. « Don Quichotte ? Pourquoi Don Quichotte ? » Je lui ai chuchoté : « Les moulins », et elle a fait : « Ah oui ! Les moulins ! Non non, Shirley, c'est pas Don Quichotte, mais merci pour ton appel. »

Comme il n'y avait plus d'appel en attente, on en est venu enfin à moi (« J'espère, ô mes auditeurs, que ça ne vous choquera pas si, avec mon invité, on se tutoie (Vous avez vu ? Ça fait une rime !). On s'est mis à se tutoyer hors antenne, alors ça ferait vraiment bizarre si on se remettait à se vouvoyer maintenant »).

En introduction, elle a lu une petite notice biographique préparée à partir d'articles qu'elle avait glanés en vitesse sur internet, ceux du *Elle*, des *Inrockuptibles* et de *Télérama*. J'ai été heureux, même si elle y a fait allusion avec un ton hésitant qui indiquait qu'elle ne connaissait que très approximativement le sujet, j'ai apprécié qu'elle n'omette pas de mentionner des épisodes et des détails de ma vie que je faisais souvent mine de considérer avec un détachement amusé, voire avec une indifférence humble, mais sans ignorer qu'ils ajoutaient considérablement à mon image, tout en contrastes : mon emploi de gardien de nuit à Carrefour deux années durant, ma médaille d'argent aux championnats de boxe thaïe de l'Essonne, mon année comme serveur à l'hôtel Costes, le spot de pub que j'avais tourné pour Agnès B., les récents compliments de Roman Polanski à propos de ma prestation dans *White Stuff* (« Il a une très riche imprévisibilité »), ma collection de mille DVD et le titre de Miss French Riviera 1967 de ma mère.

J'ai réagi assez hypocritement à cet inventaire en disant, pour plaire à Sandrine surtout, que tous ces noms et toutes ces références n'évoquaient probablement rien du tout pour la plupart des auditeurs. « Leur importance est toute relative vu qu'ici, aux Concordines, à plusieurs milliers de kilomètres de la France, je suis parfaitement anonyme. Et je peux te dire que ça remet les choses à leur place, c'est très sain pour l'ego d'un comédien. »

Sandrine s'apprêtait à poser une première question lorsque Donny, le technicien, lui a fait signe qu'il y avait un nouvel auditeur en ligne, lequel a demandé dans un français très imparfait si j'avais un lien avec la famille Mac Pola, notamment avec Thomas Mac Pola, qui se présentait aux élections. J'ai dit : « Sure', Seu' : Thomas lè big brod na mi », et l'auditeur a eu une seconde d'un silence qui montrait combien notre nom inspirait aux Portugarciens, d'une génération à l'autre, une réserve mi-haineuse, mi-admirative. « Ah, tu vois bien, alors, que même ici t'es connu ! » a enchaîné Sandrine avec une trivialité et une innocence qui indiquaient bien qu'elle ne maîtrisait pas tous les enjeux de la question. Elle a demandé à l'auditeur si, avant de raccrocher, il avait une suggestion, concernant la question culture. Celui-ci, qui ne voulait pas la contrarier, a demandé à se faire répéter la question, il a réfléchi quelques secondes et a répondu d'un ton hésitant : « Jean Gabin. »

Sandrine était à ce point décontenancée par la

réponse qu'elle s'est contentée d'un « Non, ce n'est pas ça, monsieur. Merci pour votre appel, au revoir », sans chercher à en savoir davantage.

Elle a ensuite tenté de résumer brièvement l'intrigue de *White Stuff* (« Un film vraiment très bien, dommage qu'il ne soit pas arrivé jusqu'ici, c'est vraiment très intéressant, moi en tout cas j'ai beaucoup aimé, il y a juste la fin qui m'a un peu déçue »), puis elle a enchaîné sur mon « rapport aux Concordines, justement. Tu es de passage en ce moment, Antoine, tu m'as dit que tu venais à peu près une fois par an : qu'est-ce qui t'y amène? Qu'est-ce qui te plaît, ici? ».

J'ai dit que je la remerciais pour la question parce que, curieusement, c'était une question évidente mais qu'on ne pensait jamais à me poser à Paris, alors que c'était pourtant un sujet essentiel pour moi. J'ai dit, en essayant de trouver les mots les plus simples :

« D'abord, ma famille bien sûr, je viens chaque année rendre visite à ma famille. Mais aussi, comment dire, le sentiment que j'ai, chaque fois que je suis ici, à chaque fois que la nuit s'apprête à tomber, vous savez, quand le ciel devient tout rose, tout pur, et que toute la ville devient douce et calme, que tout le monde devient beau avec les reflets du soleil couchant sur sa peau, que les gens rentrent du travail à pied avec un collègue qui habite dans le même quartier qu'eux, qu'il y a moins de voitures dans les rues, que les taxis s'apprêtent à allumer leurs phares, qu'on verse du pétrole dans les lampes dans les miniépiceries, qu'on voit les mains des femmes préparer le dîner derrière les rideaux des portes d'entrée, que les lycéens caressent discrètement leur copine dans l'obscurité d'un manguier, que les gardiens commencent à sortir leurs jeux de dominos devant les portails, eh bien ce que je ressens dans ces cas-là, je ne le ressens qu'ici. C'est quelque chose qui me rassure, qui me fait me dire que le monde n'est pas en train de devenir fou, que les gens ici ont leurs problèmes bien sûr, leurs gros problèmes, que les choses ne sont pas faciles pour tout le monde, loin de là, mais qu'au moins chacun ressent la même chose à la même heure, parce qu'on sait que demain, à la même heure, le soleil se couchera de la même façon, tout aussi magnifiquement, simplement et calmement, et le jour d'après aussi, et qu'il fera beau et doux, comme ça, tout au long de l'année. Bien sûr, en France aussi il y a des couchers de soleil magnifiques, en France aussi la mer est belle et les arbres se découpent en ombres chinoises dans le ciel en été. Mais je ne ressens pas la même chose, là-bas, dans ces cas-là. Là-bas, quand je vois un beau ciel rosé ou orangé en été, c'est aux Concordines que je pense, je me dis : "C'est à Port-Garcia que j'ai envie d'être maintenant, pour en profiter vraiment. Parce que c'est là-bas qu'un coucher de soleil me paraît prendre tout son sens et toute sa valeur, c'est pour là-bas que les couchers de soleil me paraissent avoir été créés." Et ce n'est pas seulement parce que j'ai ma famille, ici. En France aussi j'ai ma famille, il y a ma mère, mes oncles et mes tantes, mes cousins, mes grands-parents. C'est pour une autre raison, c'est un peu difficile à expliquer. C'est qu'ici, tout ce qu'on vous fait considérer en France comme étant sérieux : le travail, les affaires, les horaires, les rendez-vous, tout ça reprend une place plus modeste, plus simple, plus calme, au point que ça paraît même secondaire. Je ne dis pas que le travail, l'économie, tout ça, je ne dis pas qu'ici ce n'est pas important ni sérieux, non. Je dis juste qu'ici, à l'heure que je vous décrivais, et même à n'importe quelle heure de la journée d'ailleurs : c'est exactement pareil à l'heure de la sieste, quand la ville est écrasée par la chaleur avec ce ciel bleu complètement vide, qu'il n'y a personne dans les rues et qu'on entend juste une petite radio grésiller quelque part, je dis juste que tout ça a moins d'importance, qu'on sent qu'il n'y a pas que ça dans la vie, comme on essaye en France de le faire croire aux gens et que les gens eux-mêmes finissent par le croire. On sent qu'ici, même si comme partout ailleurs dans le monde de nos jours, on parle économie, banque, chiffres et argent, même s'il existe ici aussi un État, des lois, des ministères, des hommes d'affaires, des fonctionnaires, des horaires et des salaires, on sent qu'on aura beau faire, on ne nous fera jamais croire qu'il n'y a que ça dans la vie et que si vous n'avez pas ça, si vous n'avez pas comme tout le monde un travail et des horaires, des impôts à payer et des choses à acheter, eh bien la vie ne vaut pas la peine d'être vécue. On sent qu'ici, l'État, les lois et l'économie, de toute façon, ils ne ressemblent qu'à nous, on les transforme à notre façon. On les transforme parce qu'on sent que nos ancêtres, il y a très longtemps, avant la colonisation et l'esclavage, nos ancêtres venaient d'un continent qui ne cherchait pas encore à ressembler à l'Europe ou à l'Amérique, on sent que les gens ont été et restent encore différents aujourd'hui, au fond. C'est ça que j'aime ici, c'est cette différence-là, c'est cette liberté profonde qu'il y a derrière les apparences, derrière les banques, derrière les hôtels, derrière les *beach resorts*, derrière toutes ces choses sérieuses apportées par l'Europe et l'Amérique. Moi, ce que j'aime ici, c'est qu'à l'aéroport on puisse sans le choquer demander à un inconnu de partager votre surcharge de bagages. C'est que, quand ta voiture tombe en panne en brousse, il y a toujours des gars sortis de nulle part qui viendront te tirer d'affaire, te nourrir et t'héberger, sans rien te demander en échange. J'aime qu'ici le service qu'on rend ne devienne pas un dû, j'aime que l'on ne compte pas, j'aime que l'on se touche sans forcément se connaître, j'aime que l'on ose se regarder dans les yeux, j'aime que l'on ne garde pas exagérément ses distances, j'aime l'équilibre que créé l'attirance ou la crainte instinctive qu'on a les uns vis-à-vis des autres, sans toujours avoir à passer par des lois écrites par l'homme blanc, voilà ce que j'aime. J'aime voir les patrons des boutiques et des buvettes prolonger la discussion avec un client sur le seuil du magasin très tard, même après l'heure de la fermeture, une bière à la main, sans avoir baissé le rideau de fer. J'aime qu'on ne compte pas jalousement son temps. J'aime penser que tout ce qui fait peur à l'homme blanc ici ne nous fasse pas peur à nous. Et c'est cela que viennent aussi chercher sans le savoir les touristes américains et européens lorsqu'ils débarquent à l'aéroport de Richeterre, avec leurs appareils photo et leurs dollars : ce qu'ils viennent chercher, ce n'est pas seulement la mer, le soleil et la plage. C'est cette différence, c'est ce luxe-là, c'est de constater qu'il reste dans le monde des endroits où l'on ne se préoccupe pas autant qu'eux de leurs propres problèmes, qu'il y a une autre façon de penser que la leur dans ce monde, qu'il y a des gens qui savent encore ne pas être complètement enfermés dans le système dans lequel eux sont enfermés. Même s'ils se croient plus libres que cette façon de penser, même s'ils s'en moquent, de cette façon de penser, même s'ils la méprisent, même s'ils pensent qu'il n'y a que leur façon de penser qui est la bonne, même s'ils n'échangeraient pour rien au monde leur chambre climatisée à B-Bay pour une case créole sans eau courante ni électricité, leurs bus climatisés contre des heures de marche au soleil en claquettes. Et si tu permets que je fasse passer un message, Sandrine, si tu permets que je m'adresse une seconde aux jeunes qui nous écoutent, à ceux qui ne rêvent que d'avoir des papiers et un visa pour aller rejoindre en France le grand frère ou le cousin, pour aller s'acheter des baskets comme dans les vidéos à la télé, pour sortir avec des filles aussi blondes que celles des feuilletons, pour faire des études et avoir un bon boulot, devenir footballeur professionnel ou que sais-je encore, eh ben j'ai envie de leur dire : "Ne rêvez pas trop : la France, ça donne du boulot, la Sécurité sociale et les allocations familiales, ça donne des supermarchés pleins de yaourts et de paquets de lessive, de belles baskets et la télé dans votre salon, ça donne de beaux terrains de sport, de beaux équipements pour s'entraîner correctement, mais pas grand-chose de plus. Ça ne rend pas forcément plus heureux, votre grand frère ou votre cousin ne vous a peut-être pas tout dit. Votre grand frère ou votre cousin, quand il revient une fois tous les deux ou trois ans à Port-Garcia pour les vacances, avec ses belles baskets et son téléphone portable dernier cri, avec des cadeaux pour tout le monde, avec des photos de sa voiture là-bas, de son salon là-bas et de la tour Eiffel, il ne vous raconte pas comment ça se passe vraiment là-bas pour lui, il ne vous dit pas que là-bas, même avec la Sécurité sociale et les allocations familiales, c'est pas le paradis non plus. Il ne vous dit pas combien il a le mal du pays, de la cuisine, de la musique, de la danse, du rire avec les copains, de la bière fraîche dans les gargotes et de cette ambiance du soir sans souci dont je vous parlais tout à l'heure. Il ne vous parle pas du temps gris, de l'hiver, il ne vous parle pas des gens de là-bas, qui sont laids et qui s'habillent mal, qui compliquent tout et qui font la gueule et qui ne sont jamais contents et de tous les objets qu'il voit en photo partout dans la rue et qu'il ne peut pas s'acheter parce que son salaire suffit juste à payer le loyer et à vous envoyer de l'argent chaque mois. Il n'en parle pas parce qu'il est fier et que, de toute façon, il est trop tard pour faire marche arrière. Parce qu'il mourra probablement là-bas, votre cousin. Parce que, de là-bas, tu ne reviens pas, le système est trop fort, il arrive à faire penser à tout le monde qu'il n'y en a pas d'autre possible, même s'il te rend malheureux. En vous disant ça, je ne vous dis pas de ne pas chercher à venir. Moi, à votre place, je chercherais sans doute à faire la même chose. Je sais que ma situation est privilégiée, je sais qu'il est facile pour moi de parler comme je parle maintenant, parce que je suis français, parce que je vis là-bas et que la réalité d'ici, je ne la connais pas, comme vous, de l'intérieur. Je dis juste : 'Réfléchissez.' Réfléchissez avant de claquer toutes vos économies pour des faux papiers ou un visa. Réfléchissez avant d'aller manifester devant le consulat de France et de vous faire matraquer par la police. Pesez bien le pour et le contre. Voyez si vous n'avez pas quelque chose à réaliser ici avant de tout lâcher, même si vous n'avez plus d'espoir, voilà ce que j'ai à dire." »

À en juger par les hochements de tête approbateurs de Sandrine, je m'étais montré assez convaincant. Et, de fait, j'étais plutôt satisfait de ma petite tirade que, dans la bouche d'un autre, je n'aurais pas hésité à démonter en deux ou trois répliques bien senties :

« Et qu'est-ce que tu proposes, alors ? Parce que, ton beau discours, là, il ne propose rien, c'est que du vent. Tu veux leur dire de faire la révolution, c'est ça ? De se prendre en main ? De prendre les armes ? De dire merde à des types comme ton père, qui vont les faire fusiller ou embastiller à vie sans états d'âme ? Parler, blablater, c'est tout ce que tu peux faire. La réalité des gens d'ici, comme tu le dis toi-même, tu ne la connais pas de l'intérieur. Tu parles, tu t'agites, comme tous ceux qui sont nés, comme toi, du bon côté, qui ont dans leur poche un billet retour pour l'Europe et le ventre suffisamment plein pour se permettre de manifester des bons sentiments. Les gens, leur sort, tu t'en fous. Je ne t'en blâme pas : tu t'en fous parce que tu ne peux pas faire autrement, parce que tu as ta vie à mener de ton côté, parce que tu as d'autres chats à fouetter et que tu n'as pas de temps à perdre avec toutes ces trajectoires humaines fatalement vouées à l'échec. Tu t'en fous parce qu'au fond, tu y es parfaitement à l'aise, dans ta société de consommation qui te permet tout, même de lui dire merde comme à ta famille blanche. Tu t'en fous et c'est normal, c'est comme ça, les choses sont ainsi, il n'y a rien à faire, c'est injuste mais c'est ainsi : il y a ceux que la vie respecte et ceux que la vie ne respecte pas. Tu voudrais bien donner, partager, te sacrifier un peu s'il le fallait, tu n'as rien contre le principe. Si ce n'était que ça. Mais c'est tellement plus compliqué que ça. Toi, tu ne peux rien faire, tes bons sentiments et ta bonne volonté, c'est une goutte d'eau dans la mer. Alors ne dis rien, ce n'est pas la peine, ça ne sert à rien. Et, s'il te plaît, n'essaye pas non plus de faire croire à quiconque que tout cela te donne mauvaise conscience : tu t'en fous, assume. »

C'était la nuit et Sandrine et moi nous sommes sortis de la radio avec cette sensation saine de délassement, comparable à la sortie d'un intense oral d'examen. Après la climatisation du studio, l'extérieur et la moiteur de l'air redéfinissaient en douceur nos mouvements et nos mots. À la lueur de rares réverbères encore valides, au gré des trottoirs défoncés, je découvrais sa démarche, sa cambrure, ses fesses, je sentais qu'elle tenait à me montrer combien elle était à l'aise dans les rues de Port-Garcia, combien la pauvreté et la saleté n'étaient pas un obstacle pour elle, combien elle ne jugeait pas, contrairement aux autres Français.

Nous nous dirigions vers Yasmin Hills, où un couple de ses amis organisait une fête. J'avais accepté de l'y suivre parce que son enthousiasme me donnait envie de rester avec elle et qu'une fête tardive en plein air, avec de l'alcool et de la musique, cela restait, à l'âge de Sandrine, toujours plus propice à l'abandon sexuel qu'un dîner en tête à tête. Je la regardais marcher à grands pas décidés à mes côtés en pensant qu'avec son look provinciale-routarde-ethnique-sympa, sa bonne humeur, ses dents blanches et son côté direct, elle ne ferait pas long feu dans une fête exclusivement parisienne, une de ces fêtes comme je n'y allais plus depuis belle lurette, pleine de gens du spectacle, de la musique, du cinéma et de la télé, une fête où l'on ne sait pas s'amuser, où l'on n'a pas la place de circuler, une fête pleine de fumée de cigarettes, de corps malingres et d'une musique frénétique qui ne donne pas envie de danser.

Je pensais que pas un seul de ces Parisiens-là, si certains d'être au courant, si certains que le monde ne leur échappe pas, si certains de leur intelligence et de leur insurpassable raffinement, avec leur énième second degré, leur esthétisme décalé, leur mauvais goût volontaire, leur hype rétro et leur ironie de rigueur, avec leur indéfectible *snobisme*, il n'y a pas d'autre mot, que pas un seul d'entre eux, donc, n'aurait la curiosité ni le cran, à l'instar d'une Sandrine, d'aller passer un ou deux ans aux antipodes de leur petit monde, sans ADSL ni boutique de fringues vintage à proximité.

Elle me parlait d'un copain à elle *supersympa* qui s'était lancé, à Wesley Lagoon, dans la culture d'algues marines sur les bases d'un commerce équitable. Elle me parlait des techniques de semis et de récolte des algues en apnée, elle me disait que son pote plongeait avec les pêcheurs du coin, qu'il avait sa tente plantée en plein milieu du village, qu'il ne gagnait pas beaucoup d'argent mais qu'il était heureux comme ça, elle me parlait du soleil aveuglant et des bancs de sable blanc de Wesley Lagoon. Elle me parlait de ce type qui ne m'intéressait pas, et moi j'avais décroché depuis longtemps. Je faisais à nouveau oui oui poliment de la tête en pensant à tout autre chose. Je disais « C'est super, ça », mais je pensais à nouveau à Elvira, dont je venais de lire le dernier mail sur l'ordinateur du studio.

C'était le tout premier mail qu'elle n'avait pas fait l'effort de m'écrire en anglais : « Je n'ai pas du tout aimé ton mail. Je te demandais des nouvelles, non pas des précisions sur ta vie sexuelle ["ninguna precisión sobre tu vida sexual"]. Tu as manqué de respect à mon imaginaire ["le faltaste el respeto a mi fantasia"] et cela m'a rendue triste, je ne t'avais rien demandé de la sorte, tu es beaucoup plus pervers et caricatural que je ne le pensais ["eres una caricatura"], tu es d'un mauvais goût sans nom, Antoine ["Que gusto fatál, Antoine"]. Salut. »

Je me disais : « Heureusement que tu marches avec Sandrine ce soir, heureusement qu'elle te saoule de ses histoires, heureusement que tu vas boire, heureusement que tu vas la baiser après la fête. Sinon, ce mail, il te foutrait par terre. »

En débarquant à Yasmin Hills, quartier surtout habité par des expatriés européens, en apercevant les vastes demeures en dur, les gardiens, les lumières à puissant wattage aux fenêtres, les arbres domptés derrière les murs d'enceinte, les spots éclairant l'herbe immaculée des jardins, en sachant que dans ces villas vivaient des ressortissants d'États de droit, qu'ils étaient régulièrement payés par leur gouvernement ou leur entreprise, qu'ils pouvaient économiser, planifier, prévoir, qu'ils pouvaient réserver un budget conséquent à leurs loisirs et à l'avenir de leurs enfants, qu'ils possédaient des véhicules neufs dont ils pouvaient faire le plein d'essence sans compter, que leur frigo était toujours bien garni, leur salon décoré avec un goût non ostentatoire, qu'ils partaient en week-end, qu'ils étaient à même de recréer peu ou prou tout le confort européen si loin de l'Europe, eh bien j'ai réalisé que tout cela me rassurait considérablement.

Pire encore, je me suis dit que c'était la présence et l'influence des Blancs qui, au fil du temps, avaient rendu le pays supportable et me le rendaient à moi, aujourd'hui, agréable. Que les mêmes paysages sans routes ni terrassements, les mêmes villes sans plan d'urbanisme ni électricité ni bâtiments administratifs ni restaurants ni pharmacies ni piscines ni plages aménagées ni aéroports, que tout cela laissé à l'état originel, avec la brousse, l'obscurité totale dès dix-sept heures trente et le palu, avec l'impossibilité de prendre un bateau ou un avion pour décamper, ce serait l'enfer.

Les amis de Sandrine étaient profs au lycée

français de Port-Garcia, leur gardien dormait, leur voiture était une vieille Ford à la carrosserie crottée, la pelouse de leur jardin n'était pas parfaitement tondue, des nattes avaient été déroulées par terre, les domestiques partageaient les brochettes avec les invités, des joints circulaient entre les groupes et ils avaient mis un point d'honneur à inviter autant de Blancs que de Noirs. Ils étaient manifestement au courant de mon arrivée lorsque Sandrine m'a présenté. Même s'ils n'avaient pas vu *White Stuff*, même s'ils n'avaient fait qu'en entendre parler, avoir vu ma photo quelque part leur suffisait à me manifester ce respect immédiat dont je n'imaginais plus pouvoir me passer un jour.

« Non seulement elle m'a largué », j'ai confié à Sandrine un peu plus tard, vers deux heures du matin, alors que nous en étions l'un et l'autre aux confidences urgentes et totales, celles qu'on ne fait que dans les tout premiers instants, avant la première nuit, lorsque votre franchise émeut encore l'autre sans le blesser, avant que les mêmes mots qui l'avaient séduit et vous avaient rendu désirable n'aient fini par se retourner contre vous, avant de ne plus tout dire, avant que vous ne vous résolviez, au bout du compte, pour ne pas faire d'histoires, à vous taire ou à faire semblant, « non seulement elle m'a largué, mais elle me reproche en plus de trouver mes propres solutions pour aller mieux. Bon, c'est vrai qu'il y avait un petit côté pervers, dans le fait que je lui avoue que je m'étais tapé des filles. Mais, c'est de bonne guerre, non, de se venger un peu après avoir été quitté du jour au lendemain sans bien savoir pourquoi ? Sans compter que je le lui dis clairement, dans mon mail, que je suis encore amoureux d'elle ».

Le coude et la main en repose-tête, nous étions allongés sur le côté, en face l'un de l'autre sur une natte, un peu à l'écart. À plusieurs reprises, déjà, j'avais été tenté de prendre la main de Sandrine. C'était étrange, ce confort ambigu, à mi-chemin entre jouissance et consolation — cette lâcheté, diraient les filles — que j'éprouvais à draguer Sandrine tout en lui confiant que j'étais toujours amoureux d'Elvira.

— Elle te reproche pas de trouver tes propres solutions, elle a précisé d'un ton qui n'osait pas se faire désapprobateur, elle te reproche de le lui avoir dit. C'est pas pareil.

— Oui, mais je n'étais pas supposé savoir que ça la blesserait. Ça veut dire quoi, d'ailleurs, qu'elle soit blessée, qu'elle se montre aussi agressive ? Qu'elle m'aime encore, tu crois ? Si c'est le cas, je trouve que c'est pas très sport de sa part.

— Qu'est-ce que c'est compliqué, l'amour, elle a conclu sans ironie, avec un air grave inhabituel qui voulait indiquer que, malgré son jeune âge et sous ses dehors de fille marrante et pêchue, elle avait un peu vécu, elle aussi, et que, même si elle voulait donner l'impression de ne pas trop y croire, elle y croyait encore plus qu'à toute autre chose au monde, à l'amour.

Elle m'a dit qu'elle était précisément en train de lire *L'amour dure trois ans*, de Beigbeder, et que ça ne faisait pas tellement rêver :

— Je sais qu'il y a mille façons de vivre une relation, mais, quand tu lis le bouquin, tu as quand même le sentiment qu'il n'y a pas d'espoir possible, que tout ce qu'il dit est affreusement vrai.

— Ben oui, j'ai concédé en me remémorant, notamment, le passage sur la démonstration scientifique des effets à court terme de la molécule de l'amour dans le cerveau humain (quelque chose comme : « *L'amour est une poussée éphémère de dopamine, de noradrénaline, de prolactine, de lulibérine et d'ocytocine* »). Mais, je regrette, c'est pas inéluctable, c'est pas parce que la passion cesse au bout d'un moment qu'il faut considérer qu'on a cessé d'aimer. Et c'est là où le déséquilibre peut se révéler entre deux personnes. Il y a ceux qui sont faits pour la vie en couple, et ceux qui ne le sont pas : je pense que c'est plutôt dans ces termes-là qu'il faut voir les choses.

J'ai repensé à Elvira, à sa jeunesse, à ses caprices. En somme, ce que je détestais le plus au monde, c'était qu'une fille cesse de m'aimer, sans prévenir, sans me demander mon avis. C'était cesser d'être aimé tout court et être quitté. Je détestais qu'on puisse se passer de moi et m'oublier, je pensais qu'on souffrait moins lorsque l'on prenait soi-même la décision de quitter, que tout cela était avant tout une question d'orgueil. Et je détestais peut-être tout autant que les filles qui m'avaient aimé, tant celles qui m'avaient quitté que celles que j'avais quittées, je détestais qu'elles aient fini par trouver un autre homme, un autre homme que moi, que leur corps après moi ait été caressé, pétri et pénétré par d'autres mains et un autre sexe d'homme que les miens : ça, ça me blessait par-dessus tout. Je refusais profondément cette règle du jeu des cycles et des régénérations de l'amour. Ce que j'aurais voulu, c'est être resté jusqu'à leur mort le dernier homme de toutes ces filles.

En retournant dans tous les sens les deux derniers mails d'Elvira, je crois que cela ne faisait pas de doute : je lui manquais. J'ai repensé à ce que ma mère m'avait dit dans sa cuisine, la veille de mon départ pour Port-Garcia : j'ai imaginé Elvira dans vingt ans, lorsque, à quarante-cinq ans, moins fraîche, gagnée à son tour par un sentiment d'urgence et d'amertume, elle considérerait ses erreurs passées. Et jugeant peut-être qu'elle avait perdu trop de temps avec trop de mecs qui n'en valaient pas la peine, qu'elle se souviendrait de moi et se mettrait à me regretter, puis me rappellerait, me supplierait, en vain. À mon tour, je ne la trouverais plus à mon goût, plus assez belle, plus assez séduisante, et le souvenir de notre belle histoire n'y ferait rien. J'ai pensé que l'assurance et la supériorité que donnent à une femme sa jeunesse et sa beauté sont des notions paradoxales, puissantes et bien naïves à la fois. Que ce pouvoir-là n'est qu'une simple question d'années, peut-être quinze à tout casser. J'ai pensé à la rose du poème de Ronsard, poème dont je réalisais que j'intégrais véritablement le sens pour la première fois.

J'en ai conclu que les mises en garde des gens d'expérience ne servent à rien : il nous faut à tous commettre nos erreurs de jeunesse pour finir par comprendre, même si c'est trop tard. C'est aussi dans l'ordre des choses de ne pas avoir, au moment opportun, la sagesse d'écouter ceux qui savent. J'ai tenté de me rassurer en me disant que tous les jeunes d'hier avaient aujourd'hui vieilli, que les jeunes d'aujourd'hui vieilliraient aussi un jour, inéluctablement. Mais qu'il y aurait toujours des générations de jeunes à venir, de jeunes filles capricieuses à venir pour vous rappeler que vous n'êtes plus dans le coup. J'ai pensé à Igor Bogdanov, des frères Bogdanov de mon enfance, qui expliquait je ne sais plus dans quelle émission que, d'ici soixante, soixante-cinq ans, les biologistes auraient sans doute réglé la question de la dégradation des cellules, qu'on était nés quelques décennies trop tôt, qu'on mourrait avant une application à grande échelle de ces découvertes. Je me suis demandé quelles conséquences pourrait bien avoir l'éternelle jeunesse dans l'imaginaire humain et sur la société.

J'ai pensé aussi à tous les artistes morts à moins de trente-cinq ans : Jean-Michel Basquiat, Jimi Hendrix, Clifford Brown, Tupac Shakur, Kurt Cobain, James Dean, River Phoenix. J'ai pensé à la cryogénisation de Walt Disney, aux mannequins mâles sur les affiches de pub pour parfums qui avaient dix ans de moins que moi. Je me suis dit que, bien vieillir, ça servait surtout à ne pas trop souffrir de ne plus être jeune.

La nuit était claire et tiède, l'alcool m'était monté au cerveau, la pleine lune se reflétait sur la baie en contrebas, une brise douce soulevait les rames sèches de bananier qui recouvraient le toit de la varangue sous laquelle le bar avait été installé, les moustiques étaient allés se coucher et les convives blancs et noirs avaient fini instinctivement par se regrouper entre eux malgré les efforts de tous pour croire qu'il n'y avait pas de clivage, les Noirs tâchant de tenir entre leurs doigts leur verre de vin rouge français avec autant d'aisance que les Blancs, et les Blancs tâchant de se montrer aussi décomplexés que les Noirs sur le dancefloor improvisé dans le garage. C'était une vraie fête d'expats post-néocolonisation, mais aussi une incarnation plus ou moins floue du bonheur pour tous ces Français en bras de chemise et bronzés qui, à leur retour en France, choperaient un gros coup de bourdon sans pouvoir le partager avec personne, sans pouvoir expliquer exactement ce qui leur arrive, quelle part profonde de leur être ils auront laissée ici.

Sandrine, elle, je m'en rendais compte, faisait partie de ces rares Blancs qui restent parfaitement naturels en présence des Noirs. Ou, tout au moins, de ces Blancs qui ne laissent transparaître ni sentiment de supériorité ni fascination excessive face aux Noirs (ce qui revient au même). Je n'ai pas pu m'empêcher de le lui dire. Je lui ai dit, avec beaucoup de douceur :

— C'est rare, tu sais, les gens comme toi, crois-moi. Ça me fait surtout bizarre à moi, qui ne cesse de considérer obsessionnellement les choses en termes de Noirs-Blancs, et pas seulement parce que je suis métis. Je dirais même : en dépit du fait que je sois métis. Les métis, en général — regarde Yannick Noah —, ils vont plutôt te dire qu'il faut avancer en regardant au-delà de ces différences, ils vont te dire qu'au fond, on est tous pareils. Pas moi. Moi, en gros, quand je vois un Noir et un Blanc ensemble, je ne peux pas m'empêcher de me dire qu'ils se forcent, ou qu'ils friment l'un de la présence de l'autre. Moi, quand je vois un Noir invité à une fête de Blancs, je me sens mal à l'aise pour lui. Moi, quand je vois un Blanc qui veut se la jouer cool comme les Blacks, ça me donne envie de l'insulter. Ce que je veux dire, c'est que la chose la plus intéressante et la plus importante du monde, je trouve, ce sont les variations de comportement d'une culture à l'autre, d'une race à l'autre, et a fortiori entre les Blancs et les Noirs. Tu ne trouves pas ça passionnant, toi, toutes ces petites différences qui font, justement, toute la différence ? La façon de marcher, de s'habiller, de parler, de se gratter la tête, de s'essuyer le visage en sortant de l'eau, de tenir un stylo, un ballon de basket entre ses doigts, de lire le journal, de s'impatienter ? Qu'est-ce que c'est que se la jouer selon qu'on est noir ou blanc, comment on exprime son embarras, quelle musique on écoute, quels films on va voir, ce qu'on met dans son caddie au supermarché, comment et pourquoi on éclate de rire, pourquoi les Noirs n'aiment ni le rock, ni la montagne, ni l'humour de Jean-Marie Bigard, pourquoi les Blancs aiment la musique classique et la cigarette, pourquoi les Noirs ne râlent pas aussi fort que les Blancs dans les embouteillages, pourquoi les Blancs vont davantage au théâtre que les Noirs, pourquoi les Noirs ont davantage que les Blancs le sens de l'autodérision, pourquoi les Noirs portent mieux les fringues que les Blancs, pourquoi les Blancs supportent mal le bruit, pourquoi les Noirs rechignent à se faire psychanalyser, pourquoi le terme « bobo » ne s'applique pas aux Noirs, même friqués, pourquoi il n'y a pas de terroristes noirs, pourquoi il n'y a que très peu de Noirs chez les pompiers ? En France, on a beau tous partager les mêmes bus et les mêmes métros en voulant se donner l'air de ne surtout pas être racistes, on n'en parle pas assez librement, de ces choses-là. J'avais envie de lui dire : « Les gens s'en foutent, ça leur passe au-dessus de la tête, toutes ces considérations, ils ne voient pas, ils ne savent pas. On croise chaque jour indifféremment des Noirs et des Blancs sans se poser davantage de questions que ça. Non pas parce qu'on juge qu'il n'y a pas de distinction à faire, non pas par réflexe égalitaire, mais par désintérêt absolu. On a tort : ces détails-là, ils existent et sont plus essentiels qu'on ne le pense. »

Sandrine a fait oui de la tête, mais sans avoir l'air de vraiment partager ni de voir l'intérêt de mes remarques. Elle ne se posait pas autant de questions, elle prenait tout cela beaucoup plus simplement, elle. Alors, j'ai cessé de sectionner machinalement tous les brins d'herbe sèche qui se trouvaient à portée de ma main libre, je me suis légèrement penché en avant, et je l'ai embrassée.

On n'est pas rentrés chez elle tout de suite. On était bien dans ce jardin, on n'était pas pressés, on profitait de la nuit. J'avais bien noté que tout le monde faisait semblant de ne pas nous regarder à la dérobée, de ne pas relever que Sandrine était en train de sortir avec Antoine Mac Pola sur sa natte. Je me disais : « Elle doit pas en revenir, que je l'aie embrassée, ça doit la changer de ses petits plans immatures et foireux habituels. »

Sa simplicité et sa capacité d'écoute avaient fini par susciter chez moi le désir de lui dire des choses qui me tenaient vraiment à cœur. Par exemple, je n'ai pas pu m'empêcher, une fois de plus, de parler de cinéma. Je ne sais plus comment, notamment, j'en suis venu à faire référence au dernier film de Spike Lee, *The Inside Man* :

— C'est un film terriblement politique. Au premier abord, tu as l'impression d'un film de cambriolage hollywoodien normal, avec son héros flic, ses bons et ses méchants, ses Blancs et ses

Noirs. Mais, au fond, c'est un film sur l'hypocrisie des Blancs, avec Jodie Foster dans le rôle de la Blanche typique, toute sourires mielleux et cynisme par-derrière (parce que, tu sais, l'hypocrisie des Blancs, c'est un sujet de conversation récurrent chez les Noirs). Va le voir, tu verras, c'est un film insidieusement antiblanc, tout comme tant de films blancs qui ont l'air normaux au premier abord à Hollywood sont extrêmement méprisants à l'égard des Noirs. Spike Lee, en faisant ce film, il s'est dit : « Des types comme Spielberg font des films sur l'esclavage ? D'autres sur l'Apartheid ? La colonisation en Afrique ? Les scénaristes et les réalisateurs blancs s'imaginent qu'ils peuvent s'emparer comme ça de nos sujets à nous, de notre souffrance, de nos tabous, et se faire à la fois l'avocat du diable et nos défenseurs avec ? Eh bien, je vais faire la même chose, je vais leur parler, moi, aux Blancs, de l'Holocauste et de la Collaboration. C'est un Noir, cette fois, qui va leur renvoyer leur propre Histoire à la gueule. »

Au risque de paraître un peu obsessionnel, j'ai également évoqué *Training Day*, du réalisateur noir Antoine Fuqua :

— Il y a une scène où Macy Gray insulte Denzel Washington et Ethan Hawke en leur disant : *You motherfuckers ! Motherfuckers !* Elle hurle, elle a une incisive en argent, elle porte un chemisier rose fuchsia et toute une bimbeloterie flashy autour du cou. Eh bien, tu vois, n'importe quel Blanc dirait : « Elle est vulgaire. » Antoine

Fuqua, lui, dans le bonus de son DVD, quand il décrit la performance de Macy Gray, il se marre et il dit : « She was just *ghetto fabulous.* » Tu vois ce que ça veut dire ? Eh bien, cette remarque, ce rire-là, c'est toute la différence entre un Blanc et un Noir.

De fil en aiguille, j'ai dit à Sandrine que mon problème avait longtemps été de ne pas savoir comment me positionner par rapport à tout ça, surtout par rapport à tout ce que le Blanc te renvoie de négatif du Noir. J'ai dit que, jusqu'à l'âge de vingt-cinq ans, j'avais traqué désespérément ce qu'il pouvait bien y avoir de blanc chez les Noirs pour pouvoir penser qu'ils étaient aussi intelligents que les Blancs. Que je cherchais désespérément des exemples de Noirs qui avaient réussi sur le terrain des Blancs pour avoir la preuve qu'ils étaient tout aussi capables qu'eux, que la nature avait été équitable :

— Pas de chanteurs ou de sportifs célèbres, pas de poètes non plus, ça non, tout ça c'est trop évident, trop attendu. Encore que des gens comme Tiger Woods ou les sœurs Williams se soient imposés dans des sports de Blancs — parce qu'il y a des sports de Blancs et des sports de Noirs, tu sais ? Je ne parle pas d'argent, là, je parle d'aptitude naturelle. Le cyclisme, la natation, l'escalade, le ski, le skateboard, les sports avec accessoires en général, ce sont des sports de Blancs. Le basket, le foot, le 100 mètres, la boxe, les sports de corps en général : sports de Blacks. Je ne parle pas non plus des présidents de la République, non merci, trop facile, trop aléatoire. Non, je parle d'ingénieurs, d'hommes politiques et d'hommes d'affaires qui coiffent au poteau les Blancs sur leurs propres terres : des Cheick Modibo Diarra, ce Malien qui a monté le programme Pathfinder d'exploration de la planète Mars à la NASA, des Kofi Annan, des Condoleezza Rice, des Barack Obama, des Nelson Mandela. En France, des Rama Yade, des Pape Diouf, le président de l'Olympique de Marseille, des Malamine Koné, le gars qui a créé Airness.

Sandrine m'a répondu en réprimant un bâillement qu'elle ne connaissait pas le quart des gens que je venais de citer, et qu'elle trouvait curieux que j'envisage les choses de façon aussi compliquée. Je la soupçonnais d'être un peu lassée par mon flot incessant de paroles et de trouver que je ne m'occupais pas suffisamment d'elle lorsque, dans ma poche, le vibreur de mon portable m'a signalé l'arrivée d'un SMS. Vu l'heure, cela ne pouvait venir que de France, où il était pas loin de midi. Je me suis excusé, j'ai attrapé mon téléphone, j'ai pressé le bouton d'activation du message et j'ai ressenti un violent frisson d'orgueil en voyant s'afficher *Aliénor Champlain* dans la case *Expéditeur* de l'appareil. Elle avait simplement écrit : « Tu me rejoindrais, maintenant, à Saint-Pétersbourg ? » J'ai remis aussitôt le portable dans ma poche en prenant un air détaché pour cacher mon trouble devant Sandrine, mais tout en me demandant à l'intérieur : « Saint-Pétersbourg ? En Russie ? Mais elle est complètement folle. »

Dans un état mêlé de panique et d'euphorie, je me suis levé un peu brutalement et j'ai demandé à Sandrine si elle préférait m'emmener chez elle ou que je l'emmène à l'hôtel. Le ton de défi du SMS d'Aliénor Champlain altérait quelque peu mon enthousiasme, mais il m'apparaissait d'ores et déjà certain que, d'ici quelques heures, après avoir baisé Sandrine, dès l'ouverture des magasins du centre-ville, j'irais acheter un billet pour Saint-Pétersbourg à l'agence de voyages, que je prendrais le premier avion, quel que soit le prix.

Dans la foulée, tout en passant ma main autour de la taille de Sandrine avec l'assurance d'un compagnon de longue date, je me suis demandé si, afin d'éviter toute nouvelle déconvenue avec Aliénor Champlain, je ne céderais pas une bonne fois pour toutes, après l'agence de voyages, à la tentation de me procurer une boîte de ce Viagra made in India qui était en vente libre dans toutes les pharmacies de l'île au prix de simples cachets d'aspirine.

J'ai repensé au premier coup de fil d'Aliénor Champlain, le soir de mon audition, et à son « Tu viens ? ». « J'arrive, deuxième », j'ai décidé de taper en douce sur mon téléphone pour toute réponse. Mais sans grand espoir qu'elle saisisse l'allusion trop lointaine.

Raindrops keep fallin' on my head / But that doesn't mean my eyes will soon be turnin' red / Cryin's not for me / "Cause I'm never gonna stop the rain by complainin" / Because I'm free / Nothin's worryin' me. (Les gouttes ont beau me tomber sur la tête, c'est pas en me plaignant que je vais arrêter la pluie. Pleurnicher, c'est pas mon truc. Parce que je suis libre, tout va bien.)

J'écoutais dans mon iPod la voix gaillarde et décidée de B.J. Thomas (musique de Burt Bacharach) en essayant de rassembler toute ma capacité d'autosuggestion pour m'identifier aux paroles. Mais elles contrastaient trop avec ces accès de culpabilité qui venaient gâcher mon plaisir de m'envoler vers Roissy où, dès l'après-midi même, je prendrais une correspondance pour Pulkovo, l'aéroport international de Saint-Pétersbourg. Je pensais qu'il est impossible d'être complètement heureux. Que, dans les moments de bonheur il y a toujours quelque chose qui ne va pas. Et je finissais sans plaisanter par me demander si ce qui s'était passé la veille sur le podium n'était pas une forme d'intervention divine visant à me punir pour ma précipitation à partir, en ayant laissé mes frères comme je les avais laissés.

Je repensais à la façon dont les choses s'étaient déroulées au meeting de Thomas. Le matin, il s'était levé tôt, il avait fait un footing et des pompes, il avait passé et reçu des coups de téléphone, il avait affiché un air concentré limite hostile, pris une longue douche, passé un costume neuf, une cravate. Il se la jouait un peu, il essayait de cacher son trac, comme les vrais de vrais. Pendant tout ce temps, Ben et Emerson ne l'avaient pas quitté d'une semelle, prenant des airs de conspirateurs, tenant le reste des membres de la famille à l'écart, l'encourageant, lui faisant répéter son discours dans sa chambre, lui massant les épaules, lui faisant ingurgiter des concoctions énergétiques maison, ne sachant trop s'il fallait la jouer gagne hargneuse façon coachs de ring ou, au contraire, silence impassible et hochements de tête entendus façon protection rapprochée mafieuse.

Dès cinq heures du matin, une dizaine de mécanos employés au dépôt, dévoyés et mobilisés jusqu'à la nuit pour deux dollars par personne, avaient commencé à effectuer des allers et retours d'un bout à l'autre de la ville avec la camionnette, à barrer la rue, décharger le matériel et les instruments de musique, assembler les planches et les tubes en aluminium du podium, installer les tables et la sono, tendre les banderoles, traficoter les installations électriques pour se raccorder au jus municipal. À dix heures, Marie-Pascale, Marlène et Patricia, casual wear provisoire, fichu dans les cheveux et lunettes de soleil relevées sur le front, déballaient avec empressement et application les t-shirts des cartons, ménageaient de l'espace pour les glacières et le barbecue, faisaient déplacer les pots de fleurs, parfaisaient les plis des tentures et refaisaient les nœuds des rubans de soie synthétique.

À quatorze heures, toute la famille avait déjeuné à la maison, les parents se reposaient dans leur chambre, les filles étaient passées chez le coiffeur et l'esthéticienne, elles avaient enfilé des robes, chaussé des talons hauts et elles s'étaient maquillées, il était temps de partir. Dans la voiture, qui roulait vite mais pas trop afin de laisser aux gens tout le loisir de l'identifier, Thomas, un coude posé sur le rebord de la fenêtre, regardait en coin pour vérifier si les gens le reconnaissaient au bord de la route et, le cas échéant, saluait d'un V de victoire sans sourire.

Au podium, tout semblait à peu près en place : le coin barbecue, les tables et les t-shirts, les banderoles et les portraits de Thomas, le micro et le pupitre, la sono qui saturait comme de juste, les baffles orientées vers le square du 14-Mai qui crépitaient un zouk racoleur comme il faut, Les Partysans au complet patientant sur des chaises en fumant des cigarettes, les mécanos du dépôt attendant de nouveaux ordres éventuels, bidouillant leur portable, s'ôtant une écharde de l'orteil. Ne manquait que le public. Thomas, qui faisait celui que cela arrangeait, relisait son discours à l'arrière du 4×4 en compagnie de Barnaby et de je ne sais qui d'autre.

Un mauvais pressentiment nous gagnait tous, on s'épongeait la sueur qui coulait en rigoles le long de nos tempes, les filles s'éventaient avec les prospectus à l'effigie de Thomas et allaient à tour de rôle se déchausser momentanément de leurs talons trop serrés derrière le podium, les saucisses refroidissaient sous le soleil, mais on se disait toutes les dix minutes et en rigolant trop fort des choses comme : « Ils vont arriver », « Il est encore trop tôt, les gens déjeunent encore, ils font la sieste », « Il fait encore trop chaud, là », « Ils s'habillent, les gens », « Ne vous inquiétez pas, ça va arriver », « Il faut changer la musique. Mettez du reggae. Vous verrez, ils vont venir. »

À seize heures passées, quelqu'un est venu nous annoncer qu'à la tribune de Friedricks, sur le port, c'était noir de monde, que Kool Jega avait commencé son concert depuis longtemps.

— Vous croyez pas qu'il faudrait qu'on commence, là ? s'est décidée Marie-Pascale. Au moins pour ceux qui attendent. Regardez, il y a bien au moins cent personnes, non ? Faudrait commencer avant qu'ils partent. Ils ont tous eu leur saucisse ?

— Qu'est-ce qu'on fait ? hésitait Emerson. On demande aux Partysans de monter maintenant ?

Ben ne cachait plus son trouble :

— Et si on attendait que Friedricks fasse son discours pour commencer le nôtre, de concert ? En entendant la musique, les gens, ils vont monter, c'est sûr. Vous le connaissez, le Concordin : le blabla, il s'en fout. Tout ce qu'il veut, c'est faire la fête. J'en parle à Thomas, O.K. ?

Il a couru vers le 4×4, où on l'a vu se pencher à travers la fenêtre de la portière pour parler, puis écouter Thomas en hochant la tête. Ils ont jeté l'un et l'autre un ou deux coups d'œil rapides dans ma direction, Thomas s'est replongé soucieusement dans ses feuilles et Ben est revenu aussitôt vers nous en me fixant. Il a essayé de prendre un ton qui cherchait à me contraindre tout en me ménageant :

— En fait, Thomas, il pense que c'est mieux si c'est toi qui passes d'abord. T'es prêt à monter, là ?

Du tac au tac, j'ai répondu « O.K., pas de problème, donnez-moi une minute, le temps de préparer le pantalon et les accessoires », mais je pensais en fait : « Qu'on en finisse. » Puis je suis allé trouver Patricia, je lui ai demandé de se tenir prête, j'ai vérifié auprès du type qui s'occupait de la table de mixage s'il avait à portée de main le CD que je lui avais gravé, et j'ai ajouté dans un mauvais créole : « On fait comme à la répétition : tu te souviens à quel moment tu le lances, quand tu dois l'arrêter, et quand tu le remets ? Tu surveilles bien mes gestes, hein ? » Il a fait oui de la tête, je n'ai pas insisté, et je suis allé me changer.

C'est toujours bizarre de se retrouver sur une scène et d'y surplomber un public, aussi clairsemé soit-il. Dans le rapport individuel, pas de problème : on vous excusera toujours des bafouillements, des hésitations, des imperfections, un ratage complet, voire carrément le ridicule. Avec plusieurs paires d'yeux rivées vers vous en même temps dans l'attente que vous les divertissiez, vous sentez que vous n'avez pas le choix : vous avez pris des engagements et il faut les tenir, le nombre et la masse font loi, la somme d'individus désindividualise, déshumanise : on ne vous pardonnera pas, c'est impitoyable, c'est votre honneur qui est publiquement en jeu.

Après avoir envisagé sans conviction plusieurs possibilités, j'avais présomptueusement pensé qu'un sketch de Steve Martin, *The Great Flydini*[1], ferait l'affaire. D'abord, parce qu'il était muet et m'évitait par conséquent d'avoir à me ridiculiser en créole. Ensuite, parce que sa portée, provocante mais sans excès de grossièreté, me paraissait transculturelle. J'avais certes prévu que les accessoires et les réglages de la mise en scène pouvaient constituer de sérieux obstacles. Mais, sans connaître le truc exact de Steve Martin, avec la

1. http://www.youtube.com/watch?v=dJCtOz32dnw

petite pompe que j'avais scotchée à l'intérieur de ma main gauche et le long tube de plastique qui courait sous ma manche jusqu'à ma braguette, ça paraissait faisable à condition que je supprime certains accessoires, type la cigarette, le verre et, bien sûr, la marionnette qui se met à chanter de l'opéra et qui salue à la fin. Et puis je m'étais dit que pour un acteur tire-au-flanc comme moi, un tour de prestidigitation simple, avec toute la marge d'imperfections que je pouvais me permettre et repêcher par ma présence naturelle, ça ne mangeait pas de pain.

Évidemment, rien n'avait marché comme prévu. Côté technique, d'abord, la pompe m'amenait tous les foulards et tous les œufs à la fois et non pas un par un, ce qui cassait le rythme et me forçait à des manipulations compliquées avec ma seule main droite. Ensuite, le CD a foiré et je n'ai pas eu en bande-son la sonnerie du téléphone au bon moment. Quant audit téléphone, il ressemblait objectivement trop à un jouet, ça ne trompait personne. Je passe sur les larsens de sono, je passe sur Patricia qui n'avait pas assuré et qui avait passé son temps à pouffer bêtement au lieu de suivre les déplacements que je lui avais indiqués. Et puis, surtout, je n'avais ni le professionnalisme ni l'aplomb pince-sans-rire impeccable de Steve Martin.

Cette expérience constituait pour moi une leçon dans la mesure où je découvrais que, le talent, ça ne s'improvise pas, qu'on ne s'attaque pas à ce genre de morceau sans une grosse préparation préalable et que votre belle gueule et vos facilités ne suffisent pas, au contraire : une belle gueule, dans un sketch comique, ça peut vite virer au grotesque. Ne pas avoir suffisamment préparé ce sketch, c'était aussi la preuve que je n'avais pas suffisamment respecté le public concordin, c'est que j'avais pris les gens d'ici pour des cons, tout simplement. Parce qu'à Paris, jamais je ne me serais risqué à me ridiculiser de la sorte.

Ils étaient pourtant dans d'assez bonnes dispositions, les gens, lorsque je suis entré en scène. Ils s'étaient fait remettre leur t-shirt et leur saucisse, la plupart avait même eu droit à une deuxième, une troisième était promise aux plus assidus, ils avaient attendu longtemps debout, ils s'étaient retenus d'aller chez Friedricks par sympathie pour Tom : bref, je crois qu'ils se seraient contentés d'assez peu. Le silence de plomb, je l'avais senti s'installer dès que j'avais mis la main à la braguette et que j'en avais sorti le premier foulard. Au troisième œuf, certains quittaient les lieux avec leurs enfants. Et au moment où Patricia remettait le téléphone dans mon pantalon, n'en parlons même pas : j'avais vidé le tiers de l'assistance.

Le pire, c'est que leur silence n'avait rien de délibérément humiliant, comme cela peut arriver parfois avec le public occidental. Ici, on ne refusait pas ostensiblement de rire afin de me faire la leçon, non. On ne riait pas parce que tout le monde était, tout simplement, choqué par ma prestation scabreuse. On avait beau vivre dans une ville de bars et de putes, toutes les filles dans toutes les familles avaient beau coucher dès l'âge de treize ans, ce que je venais de faire là, ça ne se faisait pas.

Je tentais comme je pouvais de me dépêtrer de ce piège que je m'étais tendu tout seul, les minutes paraissaient interminables, je me demandais comment j'arriverais au bout du sketch, j'étais épuisé par ma nuit blanche, j'apercevais sur les côtés du podium Ben et Emerson me regarder avec le même air stupéfait que devant *White Stuff*, que je leur avais passé en DVD le soir de mon arrivée, notamment dans la scène où je dis à Déborah : « Oui, je suis à poil. Et alors ? », j'imaginais Thomas fulminer dans le 4 × 4 et se préparer à faire intervenir quelqu'un pour mettre un terme au massacre, lorsque j'ai vu d'un coup tout le public tourner la tête en direction du square du 14-Mai. On avait tous été surpris par la montée en puissance d'un tumulte aussi glaçant qu'une secousse tellurique. En face du consulat de France, à deux cents mètres, des dizaines de jeunes qui remontaient du port, manifestement tendus à bloc par Friedricks, s'étaient remis à caillasser les fenêtres et à tenter de soulever les grilles.

Service de sécurité du consulat débordé, police militaire en renfort : en quelques secondes à peine, des gaz lacrymogènes, un mouvement général de dispersion, des flics qui poursuivaient les jeunes avec leurs matraques et leurs boucliers, les yeux et la gorge qui piquaient et des bouteilles en verre et des pierres qui volaient dans tous les sens dans le ciel enfumé.

Le plus dur, ça n'avait pas été le mouvement de panique, pas si terrible que ça, au fond. Les émeutes, les Concordins y sont habitués depuis trois générations, ils savent se disperser sans perdre leur sang-froid. Non, le plus dur, ç'a avait été au moment où, dans le mouvement de confusion générale qui avait gagné le podium, deux gendarmes français d'ambassade en uniforme étaient arrivés en courant et m'avaient enjoint, avec le ton autoritaire propre à leur fonction, d'aller me mettre à l'abri au consulat (« Vous êtes ressortissant français, non ? Bon, alors vous venez avec nous »). Ils savaient qui j'étais, ils avaient dû être mis au courant de ma présence sur le podium, et c'est sans doute pour cela que je n'avais pas vraiment osé leur dire non : afin d'honorer ce traitement de faveur qui m'était fait, alors que rien ne m'obligeait à les suivre. J'avais tenté de protester mollement, je leur avais dit, en désignant mes frères et mes belles-sœurs qui, abandonnant tout espoir d'utiliser le 4×4 et la camionnette immobilisés par la foule, commençaient déjà à prendre le large vers les rues adjacentes, que je voulais rester avec ma famille.

À ce moment-là, d'ailleurs, j'avais encore la possibilité de rejoindre Thomas, Ben et Emerson. Si je ne l'avais pas fait, si j'avais effectivement fini par suivre les deux gendarmes, m'abriter dans le consulat et signer des autographes au personnel de permanence en attendant que le secteur soit redevenu calme, c'est justement parce que, après les avoir vus se précipiter pour me parler et me prendre en charge moi uniquement, mes frères ne s'étaient plus préoccupés de savoir ce que je devenais. Comme si, de toute façon, il ne pourrait jamais rien m'arriver de bien grave dans la vie. Ils étaient partis tous les trois en costard avec leurs femmes en grande toilette, trottinant côte à côte dans la fumée des gaz lacrymogènes, calmement résignés au danger et à l'arbitraire, pour échapper à l'assaut des flics comme tout le monde, comme n'importe quel Concordin habitué à fuir la matraque, le cachot et l'injustice, naturellement soudés dans l'épreuve et la fatalité.

Les voir tous partir sans moi n'était pas tant une surprise que la cruelle confirmation d'un sentiment qui, tant qu'il était demeuré abstrait, m'avait rarement atteint en profondeur à ce point : je n'étais résolument pas de leur côté, et il ne servait à rien que je m'efforce de nier une telle évidence, cela, ils l'avaient compris bien avant moi, et je ne récoltais aujourd'hui que ce que je méritais. Et puis la honte, bien sûr : celle d'être français, la honte de l'enfant gâté, la honte d'être par naissance à l'abri du monde et de ses dangers. Mais, par-dessus tout, la honte de ne pas avoir rejoint Tom, Ben, Emerson et les filles, la honte de ne pas avoir eu pour premier réflexe de me précipiter à leur suite pour me racheter de cette différence qui nous séparait depuis toujours. Ce qui m'avait le plus blessé, pour être vraiment précis, c'était cela, en fait : c'était de les avoir vus s'éloigner tous, Marie-Pascale comprise, sans qu'eux-mêmes puissent s'imaginer une seconde que j'aurais pu les suivre, sans s'imaginer une seconde que j'aurais pu renoncer au confort des gendarmes et du consulat pour courir à leurs côtés.

La preuve, c'est qu'ils ne m'avaient rien reproché, le soir, lorsqu'on s'était tous retrouvés à la maison. Ils ne m'avaient pas tiré la gueule pour *The Great Flydini*, ni n'avaient fait une quelconque allusion à l'épisode des gendarmes. De la même façon, ils n'avaient fait aucune remarque ni exprimé aucune déception particulière lorsque je leur ai annoncé que, pour des raisons de boulot, il fallait impérativement que je rentre à Paris par le premier avion, très tard dans la nuit. Ils avaient poliment hoché la tête, comme pour me signifier que je n'avais pas à prendre de gants pour leur dire cela, qu'ils comprenaient très bien. Seul mon père, depuis le sofa, avait dû marmonner entre deux quintes de toux quelque chose comme : « Déjà ? Dommage. »

Mais les petites phrases de mon père murmurées entre ses dents, c'était comme le reste : jamais trop clair.

3

Les autres passagers, je ne sais pas. Mais moi, l'idée d'atterrir en Russie pour la première fois, ça m'a plongé dans une espèce de rêverie puissante, pleine de stéréotypes fascinants et inquiétants à la fois. Tout commence au moment où le commandant de bord annonce que, sur la gauche de l'appareil, vous pouvez apercevoir Tallinn, en Estonie, et qu'au-delà, c'est la Finlande. Vous n'êtes jamais monté aussi haut dans le nord du globe et, en effet, en ce début décembre, à travers votre hublot, quelque chose dans le crépuscule rasant et humide, quelque chose dans cet horizon fiévreux dont vous savez qu'il oscille en permanence entre un jour et une nuit incertains et qui ne semble déboucher que sur des déserts de glace, quelque chose dans tout cela vous fait penser au mot *ténèbres*.

Ensuite, il y a votre voisin de siège, un petit barbu albanais trapu et pragmatique avec lequel vous entamez une conversation de dernière minute et qui vous apprend que son métier consiste à revendre aux Russes des machines agricoles déclassées en Europe de l'Ouest, mais toujours très prisées ici. L'avion amorce sa descente et vous apercevez entre les nuages les premiers fragments d'une terre noire détrempée et gelée, tachetée de lacs opaques et de forêts pelées, une terre dont vous vous dites qu'elle n'est qu'une infime portion du plus grand pays de la planète et que, de n'importe quel endroit en bas, vous pourriez rejoindre par la route la mer du Japon, sans passer de frontière.

Il n'y a rien à faire, les images et les mots les plus galvaudés vous viennent à l'esprit : Tchernobyl, tsars, communisme, Poutine, Mafia, Tchekhov, guerre, radioactivité, métallique, cuirassé, Armée rouge, datchas, coopératives, labeur, bureaucratie, dictature, *Bouge pas, meurs, ressuscite*, ciel bas et lourd, rase campagne, soleil voilé, humidité, hiver, froid, massacres, génocides, Moyen Âge, obscurité, Tchétchénie, obscurantisme, courage, résistance, puissance, littérature, pas de bonheur, vodka, dents gâtées, folie, mort, génie, résignation. Et, enfin, la piste d'atterrissage, qu'une poignée de réverbères aux normes minimales de sécurité éclairent à peine, et l'émotion véritable que vous ressentez en lisant en caractères cyrilliques Пулково 2 sur les flancs d'un camion-citerne sans âge.

À Tunis, la plupart des voitures sont recouvertes d'une pellicule de poussière ocre charriée par les vents de désert. À Saint-Pétersbourg, au seuil de l'hiver, toutes les carrosseries sans exception sont maculées jusqu'à mi-portière d'une gadoue de neige et de gasoil, et il est difficile de distinguer précisément le paysage à travers le pare-brise et les vitres poisseux. Dans les deux cas, le chauffeur de taxi ne met pas de ceinture et grille à toute allure des feux rouges inutiles ou détraqués en prenant à la corde les angles des carrefours.

C'était la nuit, les lampadaires publics des interminables banlieues de Saint-Pétersbourg ne fonctionnaient pas, il y avait de très rares fenêtres éclairées sur les façades obscures des immeubles d'habitation, on roulait sur de gigantesques avenues vides bordées de neige qui me faisaient penser à des scènes de *Taxi Blues*, de Pavel Longuine, la radio passait un tube britannique des années quatre-vingt et j'étais tout autant excité qu'inquiet à l'idée de retrouver Aliénor Champlain dans cette ville que sa présence rendait, tout à la fois, irrésistible et indomptable.

Toute l'énergie lumineuse et financière de la cité semblait avoir été concentrée sur la perspective Nevski, deux ou trois fois les Champs-Élysées, des enseignes GAP, Foot Locker, Tommy Hilfiger, des McDo, des KFC, des lounge-bars, des restos chinois et des pizzerias, des magasins de téléphonie mobile et de lunettes de soleil, des Starbucks locaux et des distributeurs automatiques de billets un peu partout : bref, la mondialisation ici aussi, comme partout, mais avec l'exotisme du cadre en plus, comme partout également (c'est pas si standardisant que ça en a l'air, la mondialisation).

Il neigeotait dehors, on avait mis le paquet sur les décorations de Noël et une foule de jeunes gens en jean et simples polos, manifestement insensibles au froid, progressait par groupes de trois ou quatre à grands pas volontaires sur les trottoirs littéralement inondés de lumière. Les Pétersbourgeois middle class, garçons et filles, sont grands, minces, sveltes et beaux, ils s'habillent et se coiffent comme la jeunesse branchée italienne ou libanaise, l'authenticité des marques en moins. En me croisant, tous ne pouvaient s'empêcher de fixer mon afro, hésitant sans doute entre des considérations du type : « Wow, un Noir comme on en voit au cinéma et dans les clips américains ! » (sans cependant toujours bien comprendre pourquoi les Américains s'obstinent à vouloir caser autant de Noirs dans leurs films), et un rejet instinctif du nègre, toujours en vigueur sous ces latitudes. Impossible en tout cas pour moi de ne pas penser aux récents meurtres d'étudiants ivoiriens par les skinheads locaux.

Il faisait froid mais pas tant que ça, moins que prévu en tout cas, mais suffisamment quand même pour que je songe à m'équiper rapidement d'un bonnet, d'un blouson, d'un pantalon chaud et de chaussettes, encore des dépenses imprévues en perspective.

J'ai trouvé une chambre dans un hôtel situé au quatrième étage d'un immeuble dont le hall d'entrée, qui consistait en un sas peint dans des tons orange et vert pomme très arty, diffusait de la techno. Avec le webcafé qui était signalé à l'étage dans une typo ronde et aérée, les distributeurs automatiques de Smoothies et de Gatorade dans la cage d'escalier, j'avais l'impression de me retrouver à Copenhague ou à Reykjavík, deux villes où je n'étais jamais allé mais où j'imaginais a priori des atmosphères comparables, sorte de new age numérique sain et serein peuplé de jeunes gens polyglottes à piercings et dents blanches.

Je sentais bien que cette ville avait tout pour me plaire, j'aurais bien fait un tour sur la perspective Nevski pour prendre l'air et faire le plein de nouvelles sensations, mais je n'avais pas l'esprit à la vadrouille, j'étais confit de fatigue et j'étais venu pour Aliénor Champlain et rien d'autre. J'ai cependant tenté de ne pas trop laisser transparaître mon impatience dans le premier SMS que je lui ai envoyé de mon lit (opérateur local Bee-Line), avant même d'avoir ôté mes chaussures et de m'être lavé les mains : « Arrivé. Tu viens ? » Je me suis dit que c'était un peu gonflé, comme message, mais qu'elle apprécierait peut-être mon esprit d'initiative. Et puis, après tout, c'est elle qui m'avait mis au défi de la rejoindre, et moi qui avais fait le déplacement, à grands frais de surcroît : j'étais bien en droit de réclamer une preuve de bonne volonté de sa part en retour. Mais, surtout, surtout : au nom de quoi me priverais-je de m'adresser à Aliénor Champlain comme à n'importe quelle autre fille ?

J'ai pris mon temps dans la chambre, à chercher en vain du regard ce qu'il pouvait bien y avoir de russe dans l'apparence standard international de l'aménagement de la pièce, j'ai pris mon temps sous la douche, j'ai allumé la télé qui diffusait une émission de variétés assez rétro et dans laquelle, notamment, un comique prenait l'accent français, j'ai zappé avec une curiosité déçue sur le câble russe pendant un bon moment mais, au bout d'une heure, toujours pas de message d'Aliénor Champlain. Pour me persuader que je n'allais pas passer mon temps à espérer servilement une réponse, j'ai décidé de dormir, non sans avoir au préalable réglé au maximum le volume de mon avertisseur, au cas où j'en recevrais une. La chambre était plongée dans un profond silence. Dehors, au loin, comme dans un espace extra-urbain, céleste, des coups de revolver répétés qui résonnaient dans la nuit : une salle d'entraînement de tir à proximité ? Un règlement de comptes mafieux sur Nevski ? Curieusement, pas de hurlements, pas de cris, pas de sirènes. Cela semblait ne paniquer personne et j'ai fini par m'endormir avec des images de pistolets rustiques dans la tête, un peu comme le FN1910 que tenait à la main Gavrilo Prinzip à Sarajevo, le 28 juin 1914, lorsqu'il a assassiné l'archiduc François-Ferdinand et déclenché par la même occasion la Première

Guerre mondiale : c'était plus reposant que de faire l'effort de ne plus penser à rien.

Je me suis réveillé un peu avant vingt-deux heures, ensuqué, pâteux et vaguement déprimé. Les coups de feu dehors résonnaient toujours à intervalles plus ou moins réguliers, et toujours pas de SMS sur mon téléphone. Je me suis dit : « Je lui en écris un dernier. Et si elle me répond pas, la salope, je me casse. Non mais pour qui elle me prend, cette conne ? » Pour calmer ma déception et tenter de ne pas trop m'humilier moi-même à renvoyer trop rapidement mon texto, je suis descendu au cybercafé vérifier si, par hasard, Elvira m'aurait écrit un mail du genre : « Excuse-moi, je sais que j'y ai été un peu fort dans mon dernier mail, je le reconnais, tu ne méritais pas ça. Mais cette histoire n'est pas complètement réglée pour moi non plus, je me sens très confuse, ce n'est pas facile de t'oublier, Antoine, je me rends compte que j'ai fait des erreurs, si je pouvais revenir en arrière je réagirais certainement différemment, je crois que ça me ferait du bien de te revoir en fait. Et si je venais te rendre visite à Paris pour qu'on en parle ? »

Il n'y avait rien de neuf dans ma boîte mail, ni message de Claude, ni message de Larrera, et rien non plus de la part d'Elvira. Juste quelques promos Go voyages et CD Discount qui m'ont fait me rendre compte à quel point j'étais, au fond, quelqu'un de seul. J'étais sur le point de rédiger moi-même un mot d'excuse pour susciter une réaction chez Elvira, pour tromper cette sensation générale d'échec qui commençait à me gagner sérieusement (« Je suis désolé de t'avoir blessée, ce n'était pas mon intention, je pensais très sincèrement que ce qui pouvait m'arriver te laisserait désormais indifférente, je te jure que je ne voulais pas te faire de mal, je suis désolé, encore une fois mille excuses, j'ai honte, c'est vrai qu'il y avait une forme de perversité dans mon geste mais c'est parce que je souffrais, c'est parce que j'avais bien conscience qu'aucune fille ne pourrait plus me faire l'effet que tu me faisais toi et qu'en te perdant j'avais perdu un peu de mon goût de la vie, c'était un acte désespéré que te provoquer de la sorte, c'était comme un sursaut d'orgueil, parce que dans ces cas-là, l'orgueil, eh bien c'est presque une question de survie, Dionne Warwick le dit si bien dans sa chanson *Walk On By* : « *Foolish pride is all that I have left / So let me hide / The tears and the sadness you gave me / When you said good bye* », j'ai même failli t'envoyer ces paroles depuis l'aéroport il y a une semaine, mais c'est l'orgueil, justement, c'est encore l'orgueil une fois de plus qui m'en a empêché, et aujourd'hui, tu vois, je te les envoie parce que je le mets de côté, mon orgueil, je le mets de côté parce que j'ai le sentiment que toi aussi tu m'aimes encore mais que tu n'oses pas vraiment me l'avouer, n'est-ce pas que tu m'aimes encore ?, et si je venais à Barcelone pour t'entendre me le dire ? »), j'étais donc sur le point de chercher à m'excuser lorsque, précisément parce que je ne l'attendais plus, j'ai reçu le message suivant sur mon téléphone : « 26, ulitsa Gagarinskaya. »

J'ai complètement oublié Elvira, je me suis déconnecté, j'ai payé, j'ai regagné ma chambre, je me suis recoiffé en vitesse, j'ai pris l'escalier et je me suis retrouvé sur Nevski : pas de flics, pas d'ambulance, pas d'attroupement de badauds, pas de cordon de sécurité : rien qui n'indiquait qu'une fusillade ou un hold-up venait d'avoir lieu, mais toujours la même foule juvénile et énergique, la même interminable enfilade de réverbères, de guirlandes très raffinées, de restaurants tamisés nichés en contrebas du trottoir et de boutiques toujours ouvertes à cette heure, dans lesquelles les formules de politesse s'avèrent superflues, ainsi que l'anglais, que personne ne semble pratiquer. Je suis ressorti de l'une d'elles, laissant derrière moi les sourires trop sexuellement explicites des deux vendeuses, avec une parka noire Redpoint toute neuve de chez The North Face à 149 dollars US, vendue ici au prix de 215, soit 5 542,16 roubles, et j'ai hélé un taxi.

En sortant de la perspective Nevski, on quitte la lumière pour une succession sans fin de longues rues désertes et silencieuses aux façades massives et apparemment inhabitées. On y devine, derrière, des murs décrépis et des planchers non cirés, un peu à la façon de l'appartement du *Dernier Tango à Paris*. Rares sont les voitures garées le long des trottoirs, ce qui tout à la fois décuple la sensation d'espace, uniformise les tons et stimule votre imagination. Saint-Pétersbourg est démesurée, intemporelle, monumentalement vide et d'une beauté froide, intimidante. Vous vous demandez bien pourquoi on n'en parle pas davantage, en France. On connaît Saint-Pétersbourg, bien sûr, on connaît Pierre le Grand, on connaît Petrograd et le siège de Leningrad aux 800 000 morts de faim et de froid. Mais pas le Saint-Pétersbourg de ce début du XXIe siècle, qui paraît s'affirmer dans la modernité au diapason des Allemands et des Scandinaves, bien loin de nous, bien au-dessus de nous, sans se soucier de nous. Il y a bien Cédric Klapisch qui, avec *Les Poupées russes*, a essayé de nous dire : « Allez à Saint-Pétersbourg, c'est super. » Mais le Saint-Pétersbourg de Klapisch est estival, doux, coloré, objectivement séduisant. Rien à voir avec tout ce que je vous dis là.

Au 26 Gagarinskaya, des projecteurs braqués contre des vitres opacifiées, des camions régie, des groupes électrogènes, de gros câbles, des valises métalliques d'accessoires électriques et des assistants en anorak tenant un café entre leurs moufles semblaient un mirage au milieu de la rue vide et glacée. Je ne pensais pas que je retrouverais Aliénor Champlain en plein tournage, et je n'ai pas pu m'empêcher de me dire qu'elle m'avait pris un peu pour un con, avec ce rendez-vous qui n'avait rien d'intime.

— Aliénor Champlain gave me this address, j'ai dit au stagiaire en Timberland, jean et doudoune noirs qui était en faction devant l'entrée de l'immeuble, un talkie-walkie à la main.

— Your name? il m'a demandé avec un pénible accent français.

— Antoine Mac Pola.

— Ah oui, je me disais bien que ton visage me disait quelque chose, il m'a concédé avec ce respect récalcitrant des petites gens arrogants en position d'infériorité. C'est là-haut, t'as qu'à suivre les câbles. Fais doucement, ils sont en train de tourner, là.

À l'étage, de la pénombre, d'autres membres de l'équipe, des radiateurs portables, une table sur laquelle étaient mis à disposition thermos de café, sandwiches, gâteaux et eau minérale. Puis, tout au bout d'une enfilade de vastes pièces plongées dans l'obscurité, un faisceau de lumière crue, un âtre de chaleur artificielle au milieu de la nuit qui évoquait une interprétation possible du thème de la Nativité.

Je me suis approché, quelqu'un m'a signifié d'un index posé sur ses lèvres de me taire et, pardessus l'épaule d'un électro qui avait les bras croisés comme un badaud blasé, j'ai aperçu Aliénor Champlain à moitié nue, et que le fond de teint violent appliqué sur son visage et sur ses bras rendait spectrale. Elle se tenait debout en nuisette blanche, en plein milieu du puits de lumière, et elle hurlait à l'attention de Maxime Le Gall, torse nu et cigarette à la main dans un lit : « C'est pour m'annoncer ça que tu m'as demandé de venir de Paris jusqu'ici ? C'est pour me réserver ça ? Mais tu es complètement manipulateur, mon pauvre Julien, tu te rends compte que tu es archifou ? »

Là où l'on se rendait compte du talent d'Aliénor Champlain, c'est que, dans sa bouche, une réplique comprenant « mon pauvre Julien » sonnait juste quand même. Je me suis d'ailleurs demandé dans quelle mesure elle ne prenait pas des libertés avec le texte et quelles étaient les probabilités pour qu'une formule comme « archifou » finisse, grâce à une actrice, par faire carrière dans le langage courant.

Je me sentais mal à l'aise. Voir Aliénor Champlain et Le Gall engagés sur ce film me renvoyait à ma propre inactivité depuis *White Stuff*, à toutes les propositions casse-gueule que j'avais reçues depuis, à Larrera qui ne s'était toujours pas décidé et que ma tirade politique et surtout ma désinvolture durant l'essai avaient sans aucun doute refroidi, à l'attente de coups de fils sérieux qui ne venaient pas, à la nullité de Claude, aux rôles rustines auxquels il faudrait bien que je me résolve à nouveau, aux séries du Service public, aux pubs, à la figuration, à mes Assedic spectacle qui, tout à la fois, assuraient mon statut et enfonçaient le clou. Je me disais, en regardant Le Gall : « Mais qu'est-ce qu'il a de plus que moi ? C'est parce qu'il est blanc ? »

Je pensais que *White Stuff*, plutôt que m'ouvrir

la voie, plutôt que laisser présager plus grand et plus prestigieux encore, comme je l'avais cru et comme on l'avait écrit dans la presse, que *White Stuff* s'avérait être, au bout du compte, l'apogée mort-née de ma carrière. Je me disais qu'à mon âge, il ne fallait plus trop rêver, qu'il était trop tard pour essayer les États-Unis, où l'on ne m'attendait pas non plus, que le métier était injuste et ingrat mais que rien d'autre ne m'intéressait non plus. Je me rendais compte un peu tard que je n'avais jamais pris autant goût à la vie qu'au cours du tournage de *White Stuff* et du succès qui avait suivi, parce que j'avais eu la sensation de m'accomplir enfin, tout simplement. Mais que je n'avais pas su capitaliser suffisamment cette sensation de liberté sur le moment, que je m'étais retrouvé dans cet état d'insatisfaction perpétuelle, à attendre toujours mieux et plus de la vie, comme lorsque j'avais vingt ans. Je pensais que je n'avais jamais pris autant goût à la vie que lorsque j'avais eu le sentiment de m'accomplir de la sorte, d'être reconnu, et que je ne supporterais pas de m'en voir brusquement privé, que je vivrais très mal de retomber dans l'anonymat, et de ne plus pouvoir désormais dire à une fille : « J'ai un film qui sort en mars. Tu veux que je te fasse envoyer une invitation pour l'avant-première ? »

Bref, je ne me sentais aucune légitimité sur ce plateau où je n'étais, cette fois, qu'un simple spectateur, mais je suis resté quand même. La scène était maintenant terminée, les acteurs étaient retournés se démaquiller et se rhabiller dans leur loge, les techniciens rangeaient leur matériel. J'ai quand même patienté une bonne heure dans une pièce adjacente, à tenter, toujours au son de coups de revolver de plus en plus sporadiques dans le lointain, de me fabriquer une contenance entre la lecture d'un vieux *Vogue* et de réguliers allers et retours entre ma chaise et la thermos de thé sur la table régie. Et puis Aliénor Champlain a fini par apparaître. Sans s'étonner une seconde de ma présence, sans me dire : « Mais pourquoi tu n'es pas venu me voir dans ma loge ? », sans faire aucune référence à mon voyage ou s'enquérir de mon état, sans manifester la moindre surprise ou le moindre enthousiasme, sans me présenter à quiconque, sans même un bonjour préalable, elle m'a dit, comme elle l'aurait dit à l'assistant réalisateur ou à la scripte, sans conviction : « Tu viens dîner avec nous ? »

J'ai répondu « oui » immédiatement du ton le plus neutre possible, sachant que je m'humilierais plus qu'autre chose à faire semblant d'hésiter, mais tout en me promettant, à la prochaine douche froide de ce genre, de rentrer à Paris.

Elle a achevé de me décontenancer quelques minutes plus tard, lorsque, dans le taxi, tout en conversant avec Gendey, le réalisateur (lequel avait pris un malin plaisir en me saluant à ne surtout pas évoquer *White Stuff* pour bien me faire comprendre à quel point il en pensait du mal), lorsque, donc, tout en discutant avec Gendey en me tournant le dos, elle s'est mise à me caresser discrètement l'intérieur de la cuisse d'un doigt prometteur. « Vous avez pas entendu un coup de feu, là ? » j'ai lancé à la cantonade pour conjurer mon émotion.

Le restaurant *Zebra* (*Famous and original dishes and drinks of Russian cuisine, open from 10 :00 till the last client, tel : +7 (812) 336-37-37*) se trouvait à bord d'une réplique du *Flying Dutchman* (Летучий Голландец, *an uncial project, its three-masted sailing-ship copy of 30-gun Holland flute Amsterdam 1748 year*), amarrée près du pont Birjevoï, du côté de l'île Vassilievski. Une passerelle d'accès façon croisette cannoise, une baie vitrée panoramique sur la Neva, un fitness center, un salon d'esthétique et de massage, un night-club, un bar (*more than 150 cocktails from all over the world*), des néons, des matières feutrées (*stylish interior*) : on sentait que les propriétaires avaient tenu à prouver que Saint-Pétersbourg réservait des surprises qui n'avaient rien à envier aux lieux les plus trendy d'Europe occidentale du milieu des années quatre-vingt-dix, et qu'investir énormément d'argent pour donner cette impression aux touristes aisés n'était pas un problème pour eux, mais une question de fierté.

D'autres membres de l'équipe avaient déjà pris place autour d'une grande table lorsque Aliénor Champlain, Gendey et moi sommes arrivés. J'ai commandé des sushis et de l'eau pétillante et j'ai profité de l'indifférence que tout le monde semblait volontairement marquer à mon égard pour m'éclipser vers les toilettes, non sans avoir au passage pris une carte de visite de l'établissement sur le comptoir du bar (*www.minicards.com*).

Aux toilettes, il y avait un Africain, le premier Noir que je croisais depuis mon arrivée. Il tenait un seau et une serpillière à la main, et, pensant qu'il n'était pas nécessairement francophone, je lui ai souri un « Hi » complice et de soutien auquel il a répondu d'un signe de tête assez distant, ce qui m'a attristé et dissuadé d'entamer avec lui un échange. J'ai pissé dans un local très luxueux, capitonné de rouge et équipé d'un écran plat privé qui diffusait des clips. Au lavabo, j'ai sorti de ma poche un comprimé de 25 mg de Viagra indien que j'ai avalé avec une grande rasade d'eau en me disant, avec un peu d'appréhension quand même : « Allez, vas-y. Si ça te rend impuissant, au moins tu auras bien baisé dans ta vie. Et, sauter Aliénor Champlain, ou plutôt, éviter de ne pas réussir à la sauter cette fois-ci, eh bien cela vaut bien de courir un petit risque. »

Je suis remonté sans rien ressentir de bien particulier se passer dans mon pantalon (*Take one tablet half an hour to one hour before sexual intercourse*) et j'ai rejoint les autres à table sans plaisir, ne sachant vraiment où porter mon regard, embarrassé par celui d'une jeune femme mystérieuse et trop maquillée qui, assise seule à l'autre bout de la salle déserte avec son sac sur les genoux, me fixait sans discontinuer et sans ciller depuis mon arrivée. Lorsque les serveurs ont commencé à apporter nos plats (« *Hosts may snub you in favor of better-dressed customers* »), près d'un quart d'heure plus tard, Aliénor Champlain, en pleine conversation avec Gendey, ne m'avait toujours pas lancé le moindre regard. J'étais disposé à ne pas m'en formaliser davantage et à attendre patiemment mon heure, jusqu'au moment où Maxime Le Gall nous a rejoints et, tout en ôtant son manteau, a embrassé Aliénor sur la bouche, avant de s'asseoir à son tour. J'ai accusé le coup en silence, j'ai terminé sans faim mes sushis décongelés (« *Quality is overall good, but mostly you're paying for location and atmosphere, not the food* »), je me suis essuyé la bouche, je me suis levé de table, j'ai poliment salué tout le monde de la main puis je me suis dirigé vers la caisse, où j'ai dignement payé ma part du dîner avant de récupérer mon blouson et de me retrouver dehors.

Il était près de deux heures du matin, je marchais depuis quelques secondes, il neigeait, et de très rares touristes prenaient encore en photo, depuis le pont Birjevoï, le palais de l'Ermitage, qui me faisait penser à une étoile morte, avec sa débauche d'éclairages figés par le froid et la nuit. En sursautant au bruit de détonation qu'une voiture avait fait en roulant sur une plaque d'égout et à l'écho qui s'en était suivi dans les sous-sols de la ville, j'ai compris d'où venaient les coups de feu incessants. J'avais parcouru une centaine de mètres, j'apercevais loin devant la gigantesque place du musée de la Marine de Guerre, il me semblait que je n'atteindrais jamais la terre ferme, lorsque j'ai senti des pas se rapprocher dans mon dos. Je me suis retourné : c'était Aliénor Champlain, une chapka blanche enfoncée jusqu'aux sourcils et une écharpe bleu Klein au cou qui tranchait net sur son manteau, également blanc. Sans animosité, je me suis arrêté et je l'ai laissée me rejoindre.

— Ben alors, qu'est-ce qui t'arrive? elle m'a demandé en m'attrapant la taille avec une douceur révoltante.

— Il faut pas m'en vouloir, mais je n'ai pas très envie de te partager avec quelqu'un d'autre, j'ai répondu en me dégageant gentiment. Ça ne m'a plus tellement donné envie de rester, plus donné envie tout court, d'ailleurs. Je vais rentrer à Paris.

— Bon. Eh bien tant pis. Bon retour.

Et elle est repartie en sens inverse, sans se retourner, décidée, magistrale, imprenable, ayant bien mieux à faire ailleurs, sans m'avoir, tout ce temps, donné pendant une seule seconde le sentiment qu'elle avait quoi que ce soit à se reprocher.

J'ai repris ma marche seul, en repassant dans ma tête les quelques mots de notre échange : « J'ai plus envie. » C'était vrai, je n'avais plus envie de rien. Et pourtant, je bandais. Je bandais dur, je bandais malgré moi, je bandais comme un con sur ce pont, sans raison.

4

Mélikian m'avait écrit ceci :

Salut Antoine !
J'espère que tu ne le prendras pas mal, je viens de te voir en couverture de *Public* romantiquement enlacé avec Aliénor Champlain, à Saint-Pétersbourg : là, vraiment, c'est la consécration !
À part ça, avec Géraldine, on garde un super souvenir de la soirée à la maison et on voudrait savoir si tu serais libre vendredi soir prochain pour remettre ça.
Mais entre vieux potes cette fois-ci, et pas forcément pour parler cinéma.

DU MÊME AUTEUR

Aux Éditions P.O.L

LE TOUR DU PROPRIÉTAIRE, 2000

DEMAIN SI VOUS LE VOULEZ BIEN, 2001

ONE MAN SHOW, 2002 (Folio n° 4091)

RADE TERMINUS, 2004 (Folio n° 4310)

J'ÉTAIS DERRIÈRE TOI, 2006 (Folio n° 4583)

BEAU RÔLE, 2008 (Folio n° 4909)

Aux Éditions Gallimard

Dans la collection « Écoutez lire »

J'ÉTAIS DERRIÈRE TOI, *texte abrégé* (4 CD)

COLLECTION FOLIO

Dernières parutions

4531. Orhan Pamuk — *Neige.*
4532. Michael Pye — *L'antiquaire de Zurich.*
4533. Philippe Sollers — *Une vie divine.*
4534. Bruno Tessarech — *Villa blanche.*
4535. François Rabelais — *Gargantua.*
4536. Collectif — *Anthologie des humanistes européens de la renaissance.*
4537. Stéphane Audeguy — *La théorie des nuages.*
4538. J. G. Ballard — *Crash !*
4539. Julian Barnes — *La table citron.*
4540. Arnaud Cathrine — *Sweet home.*
4541. Jonathan Coe — *Le cercle fermé.*
4542. Frank Conroy — *Un cri dans le désert.*
4543. Karen Joy Fowler — *Le club Jane Austen.*
4544. Sylvie Germain — *Magnus.*
4545. Jean-Noël Pancrazi — *Les dollars des sables.*
4546. Jean Rolin — *Terminal Frigo.*
4547. Lydie Salvayre — *La vie commune.*
4548. Hans-Ulrich Treichel — *Le disparu.*
4549. Amaru — *La Centurie. Poèmes amoureux de l'Inde ancienne.*
4550. Collectif — *«Mon cher papa...» Des écrivains et leur père.*
4551. Joris-Karl Huysmans — *Sac au dos* suivi de *À vau l'eau.*
4552. Marc-Aurèle — *Pensées (Livres VII-XII).*
4553. Valery Larbaud — *Mon plus secret conseil...*
4554. Henry Miller — *Lire aux cabinets.*
4555. Alfred de Musset — *Emmeline.*
4556. Irène Némirovsky — *Ida* suivi de *La comédie bourgeoise.*
4557. Rainer Maria Rilke — *Au fil de la vie.*
4558. Edgar Allan Poe — *Petite discussion avec une momie et autres histoires extraordinaires.*

4559. Madame de Duras — *Ourika. Édouard. Olivier ou le Secret.*
4560. François Weyergans — *Trois jours chez ma mère.*
4561. Robert Bober — *Laissées-pour-compte.*
4562. Philippe Delerm — *La bulle de Tiepolo.*
4563. Marie Didier — *Dans la nuit de Bicêtre.*
4564. Guy Goffette — *Une enfance lingère.*
4565. Alona Kimhi — *Lily la tigresse.*
4566. Dany Laferrière — *Le goût des jeunes filles.*
4567. J.M.G. Le Clézio — *Ourania.*
4568. Marie Nimier — *Vous dansez ?*
4569. Gisèle Pineau — *Fleur de Barbarie.*
4570. Nathalie Rheims — *Le Rêve de Balthus.*
4571. Joy Sorman — *Boys, boys, boys.*
4572. Philippe Videlier — *Nuit turque.*
4573. Jane Austen — *Orgueil et préjugés.*
4574. René Belletto — *Le Revenant.*
4575. Mehdi Charef — *À bras-le-cœur.*
4576. Gérard de Cortanze — *Philippe Sollers. Vérités et légendes.*
4577. Leslie Kaplan — *Fever.*
4578. Tomás Eloy Martínez — *Le chanteur de tango.*
4579. Harry Mathews — *Ma vie dans la CIA.*
4580. Vassilis Alexakis — *La langue maternelle.*
4581. Vassilis Alexakis — *Paris-Athènes.*
4582. Marie Darrieussecq — *Le Pays.*
4583. Nicolas Fargues — *J'étais derrière toi.*
4584. Nick Flynn — *Encore une nuit de merde dans cette ville pourrie.*
4585. Valentine Goby — *L'antilope blanche.*
4586. Paula Jacques — *Rachel-Rose et l'officier arabe.*
4587. Pierre Magnan — *Laure du bout du monde.*
4588. Pascal Quignard — *Villa Amalia.*
4589. Jean-Marie Rouart — *Le Scandale.*
4590. Jean Rouaud — *L'imitation du bonheur.*
4591. Pascale Roze — *L'eau rouge.*
4592. François Taillandier — *Option Paradis. La grande intrigue, I.*

4593. François Taillandier — *Telling. La grande intrigue, II.*
4594. Paula Fox — *La légende d'une servante.*
4595. Alessandro Baricco — *Homère, Iliade.*
4596. Michel Embareck — *Le temps des citrons.*
4597. David Shahar — *La moustache du pape* et autres nouvelles.
4598. Mark Twain — *Un majestueux fossile littéraire* et autres nouvelles.
4599. André Velter — *Zingaro suite équestre* (nouvelle édition)
4600. Tite-Live — *Les Origines de Rome.*
4601. Jerome Charyn — *C'était Broadway.*
4602. Raphaël Confiant — *La Vierge du Grand Retour.*
4603. Didier Daeninckx — *Itinéraire d'un salaud ordinaire.*
4604. Patrick Declerck — *Le sang nouveau est arrivé. L'horreur SDF.*
4605. Carlos Fuentes — *Le Siège de l'Aigle.*
4606. Pierre Guyotat — *Coma.*
4607. Kenzaburô Ôé — *Le faste des morts.*
4608. J.-B. Pontalis — *Frère du précédent.*
4609. Antonio Tabucchi — *Petites équivoques sans importance.*
4610. Gonzague Saint Bris — *La Fayette.*
4611. Alessandro Piperno — *Avec les pires intentions.*
4612. Philippe Labro — *Franz et Clara.*
4613. Antonio Tabucchi — *L'ange noir.*
4614. Jeanne Herry — *80 étés.*
4615. Philip Pullman — *Les Royaumes du Nord. À la croisée des mondes, I.*
4616. Philip Pullman — *La Tour des Anges. À la croisée des mondes, II.*
4617. Philip Pullman — *Le Miroir d'Ambre. À la croisée des mondes, III.*
4618. Stéphane Audeguy — *Petit éloge de la douceur.*
4619. Éric Fottorino — *Petit éloge de la bicyclette.*
4620. Valentine Goby — *Petit éloge des grandes villes.*
4621. Gaëlle Obiégly — *Petit éloge de la jalousie.*
4622. Pierre Pelot — *Petit éloge de l'enfance.*
4623. Henry Fielding — *Histoire de Tom Jones.*
4624. Samina Ali — *Jours de pluie à Madras.*

4625. Julian Barnes — *Un homme dans sa cuisine.*
4626. Franz Bartelt — *Le bar des habitudes.*
4627. René Belletto — *Sur la terre comme au ciel.*
4628. Thomas Bernhard — *Les mange-pas-cher.*
4629. Marie Ferranti — *Lucie de Syracuse.*
4630. David McNeil — *Tangage et roulis.*
4631. Gilbert Sinoué — *La reine crucifiée*
4632. Ted Stanger — *Sacrés Français ! Un Américain nous regarde.*
4633. Brina Svit — *Un cœur de trop.*
4634. Denis Tillinac — *Le venin de la mélancolie.*
4635. Urs Widmer — *Le livre de mon père.*
4636. Thomas Gunzig — *Kuru.*
4637. Philip Roth — *Le complot contre l'Amérique.*
4638. Bruno Tessarech — *La femme de l'analyste.*
4639. Benjamin Constant — *Le Cahier rouge.*
4640. Carlos Fuentes — *La Desdichada.*
4641. Richard Wright — *L'homme qui a vu l'inondation* suivi de *Là-bas, près de la rivière.*
4642. Saint-Simon — *La Mort de Louis XIV.*
4643. Yves Bichet — *La part animale.*
4644. Javier Marías — *Ce que dit le majordome.*
4645. Yves Pagès — *Petites natures mortes au travail.*
4646. Grisélidis Réal — *Le noir est une couleur.*
4647. Pierre Senges — *La réfutation majeure.*
4648. Gabrielle Wittkop — *Chaque jour est un arbre qui tombe.*
4649. Salim Bachi — *Tuez-les tous.*
4650. Michel Tournier — *Les vertes lectures.*
4651. Virginia Woolf — *Les Années.*
4652. Mircea Eliade — *Le temps d'un centenaire* suivi de *Dayan.*
4653. Anonyme — *Une femme à Berlin. Journal 20 avril-22 juin 1945.*
4654. Stéphane Audeguy — *Fils unique.*
4655. François Bizot — *Le saut du Varan.*

4656. Pierre Charras — *Bonne nuit, doux prince.*
4657. Paula Fox — *Personnages désespérés.*
4658. Angela Huth — *Un fils exemplaire.*
4659. Kazuo Ishiguro — *Auprès de moi toujours.*
4660. Luc Lang — *La fin des paysages.*
4661. Ian McEwan — *Samedi.*
4662. Olivier et Patrick Poivre d'Arvor — *Disparaître.*
4663. Michel Schneider — *Marilyn dernières séances.*
4664. Abbé Prévost — *Manon Lescaut.*
4665. Cicéron — *« Le bonheur dépend de l'âme seule ».* Tusculanes, *livre V.*
4666. Collectif — *Le pavillon des Parfums-Réunis* et autres nouvelles chinoises des Ming.
4667. Thomas Day — *L'automate de Nuremberg.*
4668. Lafcadio Hearn — *Ma première journée en Orient* suivi de *Kizuki le sanctuaire le plus ancien du Japon.*
4669. Simone de Beauvoir — *La femme indépendante.*
4670. Rudyard Kipling — *Une vie gaspillée* et autres nouvelles.
4671. D. H. Lawrence — *L'épine dans la chair* et autres nouvelles.
4672. Luigi Pirandello — *Eau amère* et autres nouvelles.
4673. Jules Verne — *Les révoltés de la Bounty* suivi de *maître Zacharius.*
4674. Anne Wiazemsky — *L'île.*
4675. Pierre Assouline — *Rosebud.*
4676. François-Marie Banier — *Les femmes du métro Pompe.*
4677. René Belletto — *Régis Mille l'éventreur.*
4678. Louis de Bernières — *Des oiseaux sans ailes.*
4679. Karen Blixen — *Le festin de Babette.*
4680. Jean Clair — *Journal atrabilaire.*
4681. Sous la direction d'Alain Finkielkraut — *Ce que peut la littérature.*
4682. Franz-Olivier Giesbert — *La souille.*
4683. Alain Jaubert — *Lumière de l'image.*
4684. Camille Laurens — *Ni toi ni moi.*
4685. Jonathan Littell — *Les Bienveillantes.*

4686.	François Weyergans	*La démence du boxeur.* (à paraître)
4687.	Frances Mayes	*Saveurs vagabondes.*
4688.	Claude Arnaud	*Babel 1990.*
4689.	Philippe Claudel	*Chronique monégasque* et autres textes.
4690.	Alain Rey	*Les mots de saison.*
4691.	Thierry Taittinger	*Un enfant du rock.*
4692.	Anton Tchékhov	*Récit d'un inconnu* et autres nouvelles.
4693.	Marc Dugain	*Une exécution ordinaire.*
4694.	Antoine Audouard	*Un pont d'oiseaux.*
4695.	Gérard de Cortanze	*Laura.*
4696.	Philippe Delerm	*Dickens, barbe à papa.*
4697.	Anonyme	*Le Coran.*
4698.	Marguerite Duras	*Cahiers de la guerre* et autres textes.
4699.	Nicole Krauss	*L'histoire de l'amour.*
4700.	Richard Millet	*Dévorations.*
4701.	Amos Oz	*Soudain dans la forêt profonde.*
4702.	Boualem Sansal	*Poste restante : Alger.*
4703.	Bernhard Schlink	*Le retour.*
4704.	Christine Angot	*Rendez-vous.*
4705.	Éric Faye	*Le syndicat des pauvres types.*
4706.	Jérôme Garcin	*Les sœurs de Prague.*
4707.	Denis Diderot	*Salons.*
4708.	Isabelle de Charrière	*Sir Walter Finch et son fils William.*
4709.	Madame d'Aulnoy	*La Princesse Belle Étoile et le prince Chéri.*
4710.	Isabelle Eberhardt	*Amours nomades.*
4711.	Flora Tristan	*Promenades dans Londres.*
4712.	Mario Vargas Llosa	*Tours et détours de la vilaine fille.*
4713.	Camille Laurens	*Philippe.*
4714.	John Cheever	*The Wapshot.*
4715.	Paule Constant	*La bête à chagrin.*
4716.	Erri De Luca	*Pas ici, pas maintenant.*
4717.	Éric Fottorino	*Nordeste.*
4718.	Pierre Guyotat	*Ashby* suivi de *Sur un cheval.*
4719.	Régis Jauffret	*Microfictions.*

4720. Javier Marías — *Un cœur si blanc.*
4721. Irène Némirovsky — *Chaleur du sang.*
4722. Anne Wiazemsky — *Jeune fille.*
4723. Julie Wolkenstein — *Happy End.*
4724. Lian Hearn — *Le vol du héron. Le Clan des Otori, IV.*
4725. Madame d'Aulnoy — *Contes de fées.*
4726. Collectif — *Mai 68, Le Débat.*
4727. Antoine Bello — *Les falsificateurs.*
4728. Jeanne Benameur — *Présent ?*
4729. Olivier Cadiot — *Retour définitif et durable de l'être aimé.*
4730. Arnaud Cathrine — *La disparition de Richard Taylor.*
4731. Maryse Condé — *Victoire, les saveurs et les mots.*
4732. Penelope Fitzgerald — *L'affaire Lolita.*
4733. Jean-Paul Kauffmann — *La maison du retour.*
4734. Dominique Mainard — *Le ciel des chevaux.*
4735. Marie Ndiaye — *Mon cœur à l'étroit.*
4736. Jean-Christophe Rufin — *Le parfum d'Adam.*
4737. Joseph Conrad — *Le retour.*
4738. Roald Dahl — *Le chien de Claude.*
4739. Fédor Dostoïevski — *La femme d'un autre et le mari sous le lit.*
4740. Ernest Hemingway — *La capitale du monde* suivi de *L'heure triomphale de François Macomber.*
4741. H. P. Lovecraft — *Celui qui chuchotait dans les ténèbres.*
4742. Gérard de Nerval — *Pandora* et autres nouvelles.
4743. Juan Carlos Onetti — *À une tombe anonyme.*
4744. R. L. Stevenson — *La Chaussée des Merry Men.*
4745. H. D. Thoreau — *« Je vivais seul, dans les bois ».*
4746. Michel Tournier — *L'aire du Muguet* précédé de *La jeune fille et la mort.*
4747. Léon Tolstoï — *La Tempête de neige* et autres récits.
4748. Tonino Benacquista — *Le serrurier volant.*
4749. Bernard du Boucheron — *Chien des os.*
4750. William S. Burroughs — *Junky.*
4751. Françoise Chandernagor — *La voyageuse de nuit.*

Photocomposition CMB Graphic
44800 Saint-Herblain
Impression Novoprint
à Barcelone, le 24 avril 2009
Dépôt légal : avril 2009

ISBN 978-2-07-037997-2./Imprimé en Espagne.

164009